影劇六村活見鬼

二馬中元

馮翊綱 編

【自序】

遇見夏曼

在臺大新生南路側門路邊咖啡座，遇見夏曼．藍波安，正以開懷、酣暢的語氣，逗樂著兩位俏麗女士。

我說：「心情不錯啊！不做樵夫、不做漁夫，在街邊咖啡座逗女生！」

多年前第一次遇見夏曼，是在暑假的文藝營，我們都去為年輕人講課。課間休息，夏曼不待在屋內吹冷氣，也不在水泥廊下灌風，只在樹下乘涼。他先認出我來，劈頭就說：「你算是我的姻親。」我不知緣由，請教道：「區區一個眷村子弟，西北秦人後代，怎有榮幸是達悟族勇士的姻親？」夏曼說：「我姊姊嫁到你們左營眷村，我姊夫是山東人！你大概也是山東人吧？」

後來知道，山東人和他交好：張大春、初安民、張國立（其實是山東隔壁），也因此，夏曼把欣賞的人優先定義為山東人。山東就山東，從此我們是聊得來的朋友，一度，他還被寫進【相聲瓦舍】的荒謬喜劇情境裡。

前不久遇見夏曼，是在《影劇六村有鬼》的新書發表會上。我寫那本書的時候，請他也寫一個蘭嶼的鬼故事，以壯聲勢。他先表示「正在當樵夫，教兒子選木頭、造拼板舟。」答應回來就寫。後來，時間逼近截稿，他更表示「飛魚來了，忙翻了，太疲憊。」就賴掉了。兩個理由，都是蘭嶼原住民生活與文化的重頭戲，小小卑賤（山東）漢人，哪敢以催稿僭越，耽誤達悟族造舟、捕魚？

夏曼悄悄飄來我的新書發表會，當場口述一個「鬼」的故事，以為彌補，可以刊在下一本《影劇六村活見鬼》。他說：

小時候「國語」課目考試，要我們填空：「太陽下『　』了。」書上的正確答案是「下『山』了」，但對全班三十個達悟族兒童而言，具體生活經驗，太陽是「下『海』了」。後來我到西安開會，到北京演講，才明白這些地方的太陽，都是下「山」的，也就怪不得當時教我們的外省老師，堅持答案是下「山」。但是當我到了香港，一觀察又發現，香港的太陽，既不下「山」、也不下「海」，香港的太陽，是下「樓」了。這說明了全世界不同地方的人，對太陽下去哪兒，各自有著不同的經驗和見解，到了阿里山上，太陽是下「雲」。如果要以個人的觀察強加他人，要求別人也同意太陽必須是下「山」，那就是活見鬼。

聽完，不覺困惑？「鬼」在哪裡？他老兄說：「活見鬼呀！你書名不是活見鬼嗎？」原來，漢人「厚皮鐵布衫」的功夫，夏曼早已練得，該不會是「姻親」祕傳？

眷村是第二次世界大戰結束後，最具時空特色的人類生活聚落，卻因各方面的因素難以保存，大部分遭到拆除命運。看著電視上播的汽車廣告生悶氣：想要回家，農村的青年便開著那個牌子的車子回家幫忙搬香蕉。想要回家，客庄的青年便開著那個牌子的車子回家幫忙染花布。想要回家，部落的青年便開著那個牌子的車子回家幫忙撒漁網。眷村的青年呢？拆光了我們的家，令我們連「想回」的標的符號都找不著？

我的出生地也被剷平，失去了家，所以拚命用文字、語言，創造家的味道。「影劇六村」的虛構，不止是一種懷想、一種眷戀，而是通過創造，使得眷村在文化中重生，村民淡出的臉孔，能在重新建構的故事裡，再度清晰。

家的具體形狀雖不存在，但經過修練、已經善於穿越時空的我，明白了一個永恆的道理：心在哪兒，家就在哪兒。

場景拉回新生南路邊的咖啡座。夏曼指著我身旁的女孩兒問：「這是你的助理？」我說：「還不是，此刻還是我的學生。」那是徐妙凡，師大的學生，我們談得來，經常一起吃飯喝茶，說說劇本、說說表演，請她為《影劇六村活見鬼》的各個篇章，進行名言妙句的聯想搜集。另一位剛畢業的學生羅雙，確實已經加入創作團隊，也為本書的「延伸閱讀」條目，進行初級撰寫。曾湘玲第二次為我的鬼故事畫插圖，浪漫詩意卻在鬼氣之上。

夏曼想要虧我：「那你自己還不是帶著漂亮小妞逛街。」我這嘴，豈能讓他？立刻回道：「是呀！因為就怕遇見你，我身旁若是不多預備幾個好的，就慚愧得不敢和你打招呼了。」

在重新安身立命的臺北水泥堆中，居然能輕易遇見屬於海洋的夏曼？
也算是廣義的活見鬼了！

影劇六村村民代表合影留念
中華民國五十三年十

三十一日

【自序】遇見夏曼 2

驚蟄

願望 16
龍門陣 19
可以問我 23
還在 27
不要抱我 30
老漢外遇 34
蔣公遺囑 37

清明

幽靈軍車 42
放手 46
跳牆 50
該吃藥了 54
跟蹤 57
預見 61
成人畫報 64

芒種

一對兒 70
白蟻 74
想看 78
味道 82
說好話 85
枕頭 89
生力麵 92

白露

沒臉見人 98
泡澡 102
模範鄰長 106
宣布 109
不關門 113
狗日子 117
星媽 121

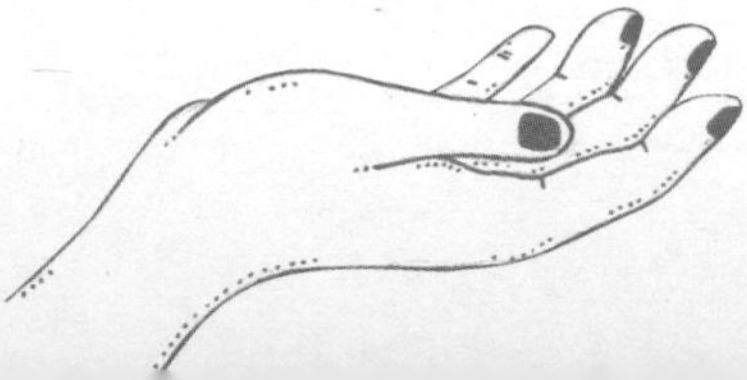

霜降

睡前絮語 126
探望 129
現出原形 133
城樓會審 136
紅糖糯米糕 140
火雞擋路 144
小店 147

小雪

六口人 152
蕎麥花 155
知道 159
兩個人 163
等待老蔣 166
附身 170
炸蛋 173

冬至

蝸牛殼 178
尋找柳子逸 182
捨不得 187
一個人的江山 190
摸屁股 194
綠豆丸子 198
座上賓 202

【退場亮相】 206

驚蟄

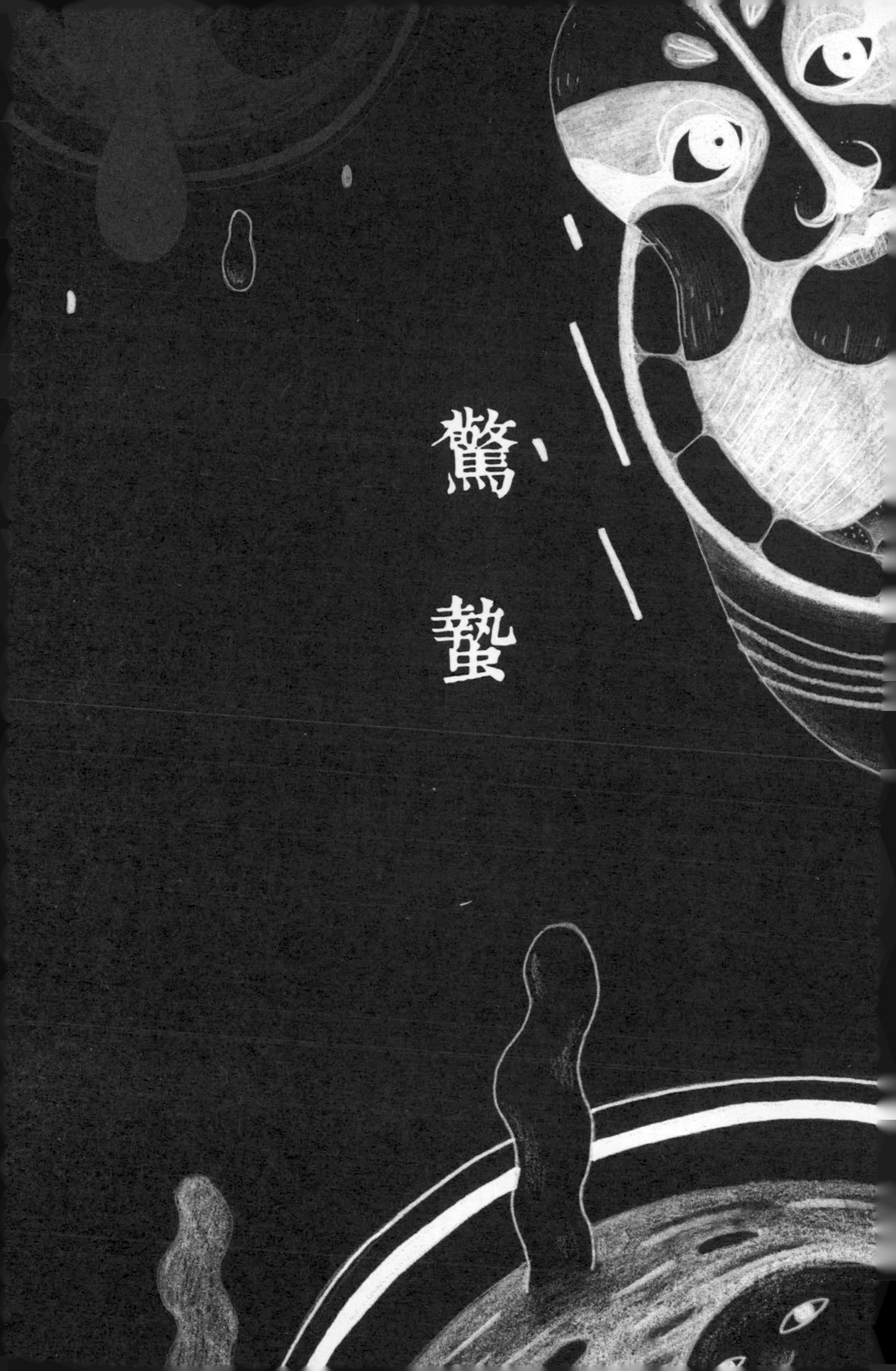

願望

爸爸派任為旅長，前往金門時，永德剛上國一，過了一年多，第一次休假回來，永德已是國二下學期。爸爸三月回來，錯過了舊曆年，於是，全家到桂花阿姨開的「桂園小館」，補吃團圓飯。這是兩年來，一家四口第一次團聚，爸爸這樣的硬漢，黝黑的臉上也綻放了少見的歡顏。

「桂園」新修了大魚缸，架得高高，宛如一堵水墻。遮擋廚房，也讓餐廳看來氣派爽快，缸裡養著幾條魚。

「我看一下魚。」永德報備好，準備離席。媽媽皺了眉，似有意見，爸爸輕聲說：「去看吧，不要摸。」他們家教並非特嚴，但事事也要求次序與規矩。他心中惴惴，爸爸回來得太巧，正逢第一次月考過後，各課成績剛剛公布，永德只在五十人班上排到第四十二名，幾乎便要掛車尾，而且數學、英文、地理、歷史四課不及格，數學只得七分。這樣的成績，豈是金門返鄉的旅長所樂見？

幸好，爸爸久不在家，不清楚各種學校進度，到家第一天並沒有詢問功課。但誰知道他要在家待幾天？「功課怎麼樣？」一是料想得到、怎樣也躲不掉的一問。

缸裡有一條肥魚、一條長魚，幾隻龍蝦，想是哪天有人點，都要下鍋的貨色。一條醜魚，背鰭鋸齒、大嘴厚脣、滿口刺牙，搖著破散的鰭、尾，呼張呼張著嘴，緊貼玻璃，盯著永德。

然而他心裡有事，沒太留意魚的表情。「管他呢！賭他遲問，自己絕不早講。」永德這麼想著。從魚缸的倒影，看見爸爸媽媽笑著說話，聲音很小，聽不見他們說什麼？這一刻，他突然心頭浮現一樁以前未曾想過的事：「爸爸這麼久才回來，媽媽該是多麼想他。」

延伸閱讀

《浮士德》

德國大文豪歌德在十九世紀初作品，取材自中世紀「浮士德」傳說。浮士德博士與魔鬼梅菲斯特交易，解脫陽世痛苦，但靈魂將永墮地獄。

缸裡的那條醜魚轉了一圈回來，又對他呼張著大嘴，永德瞇起一隻左眼，只用右眼靠近魚缸，彷彿如此便能看穿魚口，透視肚腸。他打定了主意，今天無論如何不提成績的事。

說點快樂的事嘛。他想到，自己在學校棒球隊表現不俗，教練公開宣布，校際聯賽的勝利，有好一部分原因是他這個「神捕」表現沉穩機智，兩度快傳二壘封殺盜壘者。不禁想起百貨公司運動器材樓層，玻璃櫃裡陳列的那隻美國進口、全牛皮的捕手專用手套。

還敢想手套哩！望著缸裡的醜魚，永德恨不得變成牠算了！不但不用擔心現下，以後永遠都不擔心考試了，住在水缸裡，只管游來游去，完全無所事事。他不知道，上小四的妹妹一直跟在旁邊，菜已上桌，媽媽呼喚了兩次，永德出神了沒反應，妹妹使勁拍了哥哥後背，「啪」！好響！

永德看見跟自己長得一樣的少年，張著大嘴，呼張呼張地回到座位。自己卻隔著玻璃，在魚缸裡觀望外頭的世界。

龍門陣

太陽下山，放學的、下班的陸續到家，或者進家改換輕便短褲拖鞋，或者扛包端著腳踏車，就地聊起來。村子的龍門陣，天天擺出、日日不墜。興起時，口沫橫飛、手舞足蹈，老媽不出來抓人，都不回家吃飯了。真正重要的訊息，也多半在此時傳遞。誰該升遷了，誰該調差了，誰得罪人了，誰擋了誰的路了。誰跟誰眉來眼去了，誰跟誰貌合神離了，誰的肚子其實是誰搞大的……諸如此類。

老哈不如其名，姓「哈」，卻從來沒人看他笑過？甚至……誰也想不起來他何時說過話？他從不參加任何一條巷子的龍門陣，老哈在管理站對面的芒果樹下，圍了幾塊板子，頂著兩片石棉瓦，前面一張檯子，後面一

塊鋪板，炭火烘著一個大鐵桶，貼燒餅。

跟老哈買燒餅，全憑良心，旁邊備便一疊日曆紙，自己挑、自己拿、自己包。你要問：「多少錢？」老哈無聲地指一指檯面上的方形月餅鐵盒，敞著蓋兒，裡面一堆零錢，意思是「隨便給，自己找錢」。

有人在晚上經過老哈的燒餅鋪，四周都上嚴了板子，縫縫裡透著光，裡面可熱鬧著！有人說：「司令說的算個屁？司令是我兒子！」一個女的說：「別胡說八道。」又一個說：「司令是你兒子？那你不成了司令他媽的姘頭了！」有一個說：「我操他媽個屄！」女人又說：「別胡說八道。」

這話傳回了一般人家的龍門陣，有人評論道：「可見這個老哈，平日不說話，也是深藏不露。」也有人說：「搞不好有特殊工作。」「他那幾塊板子，能圍出多大地方，能藏幾個人？」「噓……祕密通道。」

一天，老哈正在收攤，檯子上竹簍裡還攤著三個長條芝麻燒餅，一位太太路過，瞄了一眼，自己動起手來：「這三個燒餅我要了。」急得老哈

延伸閱讀

《西哈諾》

十八世紀法國劇作家羅斯丹作品，浪漫主義戲劇名著之一，西哈諾是一位大鼻子詩人劍客，擊劍任俠、文武雙全。

甩下手上道具，衝來前頭，一個勁兒地揮手。那太太逗他：「怎麼？最後三個，不收錢了，謝啦！」老哈愈發著急，「嘿！」地大嘆一聲。

那天也是逼急了，老哈轉身到鋪板下，拉出一個破舊的豬皮箱，掀開箱蓋，居然是一箱子面具。有木刻的、有紙漿的、也有皮縫的、布織的，玲瓏七巧、面面不同。老哈急取了一個玉面書生樣貌的，來不及繫帶兒，貼臉手扶著，便說：「今日燒餅已經賣完了，這三個有人訂了，明天請早。」

也是這次的提醒，老哈以後賣燒餅時，手邊多了兩個面具。一個鐵黑的，湊臉專說：「謝謝您！」另一個青綠的，打烊時掛在臉上，叱喝：「賣完了！走！」

老哈不需要跟誰說話，其實也不屑跟誰說話，只需每日賣光了燒餅，上起門板，掛出面具，自說自娛、自問自答，擺起自家龍門陣，著實快意！

可以問我

「不用錢……」電器行臧老闆輕皺眉頭：「店裡有budget，像妳這樣的熟客，兩顆電池這樣的小case，free！」

少女滿華，不知該不該多笑一些？還是保持端靜面容就好？抿著嘴，輕聲說：「謝謝臧叔叔。」「哎？」臧老闆故意把眉頭皺深了些：「見外了噢！我是從小看妳長大的，小朋友叫我uncle，妳已經是大人，就該叫我大哥了。」

滿華被攪得挺糊塗，隨口就叫：「大哥。」「Good！這才顯得有交情。」

大概是臨時被使喚出來買電池，滿華不及拾掇。剛上高一的少女，還沒意識到自己身體的微妙變化，仍稱「嬰兒肥」的體態，卻明顯地上凸下翹，下身圍著卡其色軍訓窄裙，被綳得緊緊，肉嫩嫩的腳掌，踩著紅色的人字夾腳拖。

「有點熱，我開電扇。」臧老闆扳動電扇基座開關，綠色的大扇葉緩緩擺頭。「So hot！」臧老闆假意抱怨：「這才幾月，什麼天氣！」大概是剛才走得急，滿華流了汗，突然一吹電扇，身體有了反應。上身只套了學校發的短運動衫，薄薄單層，內裡什麼也沒有，胸前因為受涼，激勵得勃發起來。

臧老闆又假意關切：「又有點太涼了，我把窗子關上。」電器行正面有扇向外的窗子，臧老闆嚴實地關上，不知為何？還刻意地拴上插銷。順便，把門也關了，扭了一下鎖釦。

「我媽的收音機沒電了，等著用電池……」「多聊兩分鐘。」臧老闆故意整肅表情：「我知道妳們家的狀況。爸爸不在了，媽媽書讀得不多，帶妳們姊弟三個很辛苦，有什麼需要，可以問我。」

「噢……」滿華額上滲出汗水，浸漬髮鬢，這女孩人中深陷，上唇尖尖，翹起一角，讓人直想一口咬下。雖有電扇，但屋內悶不通風，滿華胸前熱氣，從幾可透視的薄衫V領噴出來，嬰兒肥的豐腴肚腩，隨著興奮的呼吸起伏。

臧老闆觀察這番動靜時，已從門口移步，近在女孩三尺之遙，長臂一探即可得手。看她沒有退縮，似有允可之意？

「我覺得最重要的課目是英文。」大哥擺出最莊嚴的態度，對最長遠的人生表達關心：「妳是大姊，將來老媽、兩個弟弟都要靠妳。英文好，才能找到好工作。我在美國住過，English日常使用，我的發音、用字都是道地American style，妳可以問我，我們多多練習。」說這話時，兩胸已相貼，少女並不退縮，他放肆地揪住薄衫下襬，向上一掀，女孩居然順臂向上，任其所為。

望著初長成的赤裸前胸，五十歲的色魔卻突然結冰！順著胸前挺出的兩枚，向下看，還排列兩行小的，左一行、右一行，數數，一共八個奶頭。

延伸閱讀

《偽君子》

十七世紀法國戲劇家莫里哀著名喜劇。一個滿口道德的神棍，進入富商家成為良心導師，藉機染指人家妻女。是最經常上演的法文古典喜劇。

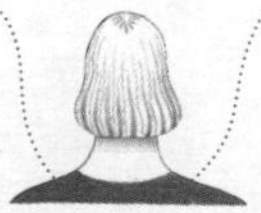

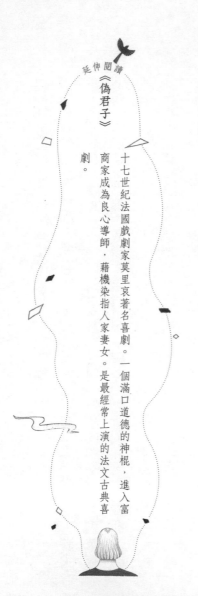

還在

雨下得不小。利媽媽的早餐店已經收得差不多了，只留著一個小炭爐，溫著小鍋豆漿。側窗邊，老頭兒望著窗外。

這小店是搭出來的，在市場邊，葉子板、隔水布，最外層刷上一道洋乾漆，權充保護層。窗子是一塊向外支開的板子，撐著一根木條，雨水打在窗板上，轟隆轟隆，再淋久些，恐怕要被澆穿了。

「草螢有耀終非火，荷露雖團豈是珠。」雨小了些，但那滴答聲只是提示著時間的流逝，聽久了不美，卻帶著三分煩悶。利媽媽有成人之美，陪著等，但究竟等到幾時呢？

一個大塊頭男人閃身進來，草草向利媽媽點了點頭，似乎已經熟到不需要太熱絡了。男人沒打傘，上身白襯衫濕透貼肉，原本吹過的飛機頭也被淋塌了。

利媽媽盛過豆漿，順帶一個白糯米飯糰。「對不起……」男人說：「利媽媽，中午我有飯局，這飯糰就不吃了。」利媽媽嘴角點了一下，說：「早些來，爸爸等你一早上呢。」

「今天剛好幹部會報。」男人說：「一大早先到公司開會，聽他們報告。」利媽媽說：「老闆也要一大早？」男人說：「老闆通常不用一大早，但是人家會報，就是要報給老闆聽，我就不能不在了。」「把爸爸接回家去。」利媽媽單刀直入，管了他家的事。「接！」男人說：「我講了八百次了，老爸住慣了村子，就認這群老鄰居，不願意搬呀。」男人端起溫豆漿，一口飲盡。

「你姊姊每天早上也來。」「我知道。」男人快速接口：「我一直知道。她是人家員工，上班時間早。利媽媽您是老長輩，我也不避諱了，我姊怎麼想事情，不關我的事。」

老頭兒一直望向窗外，望著雨小了、停了，剩下零星的滴答聲，落在窗板上。隨著外頭漸露的晴光，老頭兒臉上泛起虹彩。男人沒發現，一句話也沒說，在自己臉上抹了一把，攏攏濕塌塌的頭髮，倏地起身，往外走去。

利媽媽取下木條、掩上窗板，拴上滑扣，恭恭敬敬向老頭兒一鞠躬，緩緩說道：「您何苦不告訴他們呢？」老頭兒嘴角微微一揚，並不回話。利媽媽接著說：「鄰居們把您的骨灰都已經收拾了，只剩下他們姊兒倆不知道，應該告訴他們。」

老頭兒像是被說中了心事，直直望著利媽媽，臉上的虹彩愈發鮮明，利媽媽不由自主退後。老頭兒收了眼神，低聲說道：「他們倆不說話了，老死不相往來，我若是跟哪一個回去，就再也見不著另一個了。」

延伸閱讀

《一僕二主》

十八世紀義大利作家高多尼的喜劇，承襲兩百年來傳統即興藝術喜劇的氣氛。一個僕人兼差侍奉兩位主人，搞出一連串意外。

不要抱我

祐祐咬了一口湯圓，發現是芝麻餡兒的，嫌道：「啊！我不要吃芝麻的。」爸爸接過湯匙，一聲不吭，把露了餡兒的湯圓一口吞了。

媽媽冷靜地看著，輕聲一句：「果然是親生的，這才甘願。」爸爸嘴裡嚼著湯圓，「嗯？」了一聲。媽媽續說：「是呀，任何活人的口水你都嫌髒，無一例外，就是你親生女兒的，才甘願吞下去。」她說「無一例外」四字的時候故意加強了語氣，標示著特定的觀點。

「喔！我喜歡豆沙！」祐祐歡欣地稱讚這一顆。爸爸緊張起來：「豆沙？哪裡有豆沙的？」急急奪過了湯碗，撈起已經咬了的那顆檢查。

媽媽微笑道：「瞧你緊張的。冰箱裡有豆沙的，我一塊兒煮了。」爸

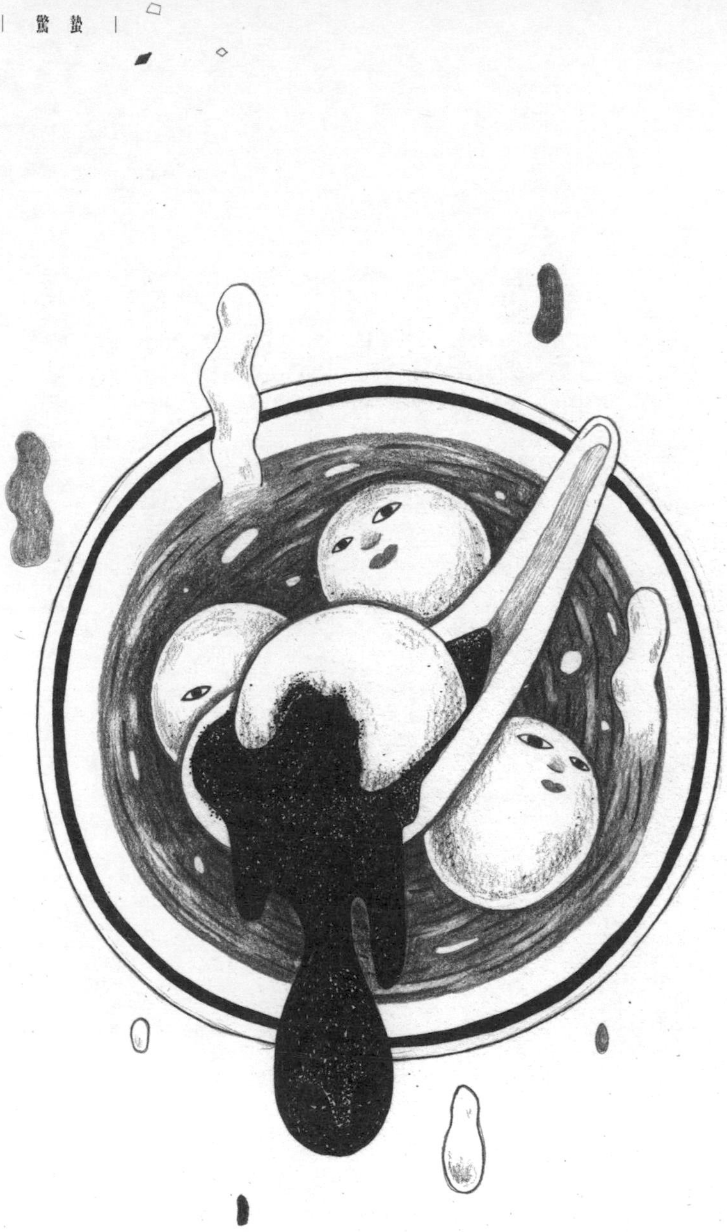

爸陰鬱地問：「可不要弄混了。」媽媽「哼」了一聲，並不回答。

祐祐看看壁上的鐘，說道：「快要中午了，阿媽快要回來了，爸爸不要抱我。」說著便要掙脫離座。

爸爸順著祐祐，放開了她。想著自己丈母娘，三十歲守寡，單親帶大女兒確實不易，養成堅毅性格也情有可原，但沒什麼道理，把自家門第視為高不可攀？沒了丈夫還想繼續住在眷村，必須守住寡，才符合撫卹給付的資格，眷村裡，誰家是朱門青煙的呢？

小兒女意外有了，也在丈母娘的准許下結了婚，又何苦不准女婿進門？幾年過去，都快上小學了，爸爸只能在阿媽不在家的時候，「偷偷」地來親親、抱抱自己的女兒。連祐祐都明白，阿媽不喜歡爸爸，阿媽不能看見爸爸抱自己。

「吃花生的，看，那顆上面有紅點點的，是花生的。」爸爸哄著祐祐。轉頭對妻子說：「千萬不要說湯圓是我買的，不然妳媽不會吃。總共十個，大人只要一次吃掉兩個，就會見效。然後我們離婚，祐祐跟我，妳完全自由了。」

媽媽沒有答話，甚至面無表情。

「今年元宵節，我吃了四顆湯圓，一顆芝麻，我不喜歡，一顆花生，普通，兩顆豆沙，我最喜歡豆沙，阿媽也最喜歡豆沙。」祐祐無邪地宣布。

甚至想不起是什麼原因，幾乎是一開始，丈母娘就看不慣自己，無論怎麼乖巧、無論怎麼努力，自己彷彿就像個育種的機器，生下了孫女，女婿就再也沒了用處。爸爸一邊想著，一邊把女兒緊緊擁進懷裡。

「只能抱一下，阿媽快要回來了。」祐祐昏昏睡去。

爸爸誤會了，以為阿媽是幸福的唯一障礙，除掉阿媽，一切就能正常。媽媽則有著不凡的觀察，除掉女兒，男人就不再上門，從此一樣能清淨生活。

延伸閱讀

《米蒂亞》

古希臘悲劇名著之一，作者尤里匹底斯。米蒂亞為了報復丈夫傑森移情別戀，不惜毒殺他們親生的子女。

老漢外遇

老漢穿巷而過，數十年被太陽晒得過度的皺皮，鬆垮的臉、過重的下巴，以至於把嘴都拉開了些，露出了殘缺、蛀爛的牙床。一眼似是瞎了，另一眼不時擠弄翻轉，也不利索，走路時，頭一抬一低。整張臉孔，就是那對耳垂還算禁看，多肉、闊垂。

傍晚時分，各家陸續開飯，有那幾家的太太，大概是老公、孩子還沒到家，正在門前倚望，就閒磕磕牙。正巧老漢經過，一身不同時代的破軍裝，頭戴一頂汗漬成咖啡色、農藥店送的棒球帽。左肩扛著帆布袋，看那輕飄飄的狀態，裡面原有物事大概是被清空了，右手拎著鋁製的圓筒飯盒，一晃一擺地走著。

聊天中的婦人們，頓時都停了下來。老漢察覺氣氛有些不同，斜眼瞄了一下，其中一位太太順口客氣，說：「回來啦？」老漢不認識這些人，也不知道該說什麼，原本已張著的嘴，正在呼氣，順勢只「啊」了一聲。

幾乎天天看見，卻沒人知道他姓什麼？第二位太太說：「真沒禮貌欸，打招呼都不會欸。」第三位太太「噓」了一聲，待得老漢過了拐角，問道：「妳們聽說過他的事嗎？」

第一位太太說：「聽說他老婆病得很嚴重，拖了好幾年，又沒錢，只能住在總醫院大通鋪。老頭兒每天走路一個鐘頭，到總醫院送飯。」

第二位太太說：「我聽說的不太一樣。說是他老婆被軍用吉普車撞了，不知道是哪位長官的車？撞了就跑了。老太太根本癱瘓，只會直著眼睛瞪人，吃飯要一口一口地餵。老頭兒都是走路，每天早去晚回呢！」

第三位太太說：「妳們都從哪兒聽來的？胡說！這傢伙搞外遇，把老婆逼瘋了，現在根本關在總醫院精神科的籠子裡。老頭兒贖罪，這才每天

延伸閱讀

《不可兒戲》

十九世紀愛爾蘭劇作家王爾德創作的喜劇。只要撒了一個謊，就需要更多謊言來掩蓋。本劇被視為浪漫主義代表名著。

給送飯。」

三人不免咋舌：「外遇？跟誰呀？」「就憑他？什麼條件？」「那副長相？噁心吧！」越說聲音越大，還夾雜竊笑。趕巧，第四位太太回來了，見三位鄰居正在說笑，湊上來一問，知道是在說那老漢。

「嗐！」第四位太太使了個說書人式的感嘆，說道：「有人跟蹤他，把一切看得清清楚楚。這老漢確實每天在家中做飯，為了避人耳目，才故意走路去總醫院，到那邊之後，改搭交通車，去軍人公墓。」說到這兒，還故意停頓，使個懸念，待等三個婦人著急催問，再故意拖拖拉拉往下說：「軍人公墓有個小花園，老漢每天在花園涼亭裡，鋪好桌子，擺設飯菜，都是蔬菜水果一類，很清淡的素菜。聽好了……跟一個穿花裙子的年輕女孩兒一塊兒吃！」

婦人們不免又是一陣騷動。第四位太太壓下喧譁，續道：「突然，發現有人跟蹤偷看，那女孩兒當場變成一隻梅花鹿，跑掉了！」

蔣公遺囑

蔣公崩殂，天地動容，草木同悲。電視機陷入了無止境的黑白狀態，所有的節目都消失，只剩新聞、蔣公相關紀錄片，以及〈蔣公紀念歌〉。新版的〈蔣公紀念歌〉太過簡單：「總統蔣公，您是人類的救星……」大概是為了大家學唱方便，藝術價值卻遠不如最初的版本：「革命實繼志中山，篤學則接武陽明。黃埔怒濤，奮墨經而耀日星……」這首詞句深奧，文學意味濃厚，段落多、變化多而且好聽。

剛滿十歲的尊正，每日穿著卡其學生制服，胸口縫著黑布條，「舉國戴孝」。得到老爸的指示，要背誦蔣公遺囑，分三段驗收，每段分次背誦完成時，可得紅色十元紙鈔一枚。通篇背誦一字不錯，可獲頒綠色鈔票一枚，面額一百元。

聰明的尊正，立即通篇背好了，反覆確認了五次，決定請老爸驗收，而且更具智慧地，先分三段，獲取了三枚紅色鈔票之後，隔天再通篇背誦，獲取綠色鈔票。如此一來，背誦蔣公遺囑，獲利高達一百三十元。

高高興興地捧著《勝利之光》雜誌，裡面正在壓平四張鈔票，躺在床上，反覆端詳著。尊正姓陳，他的名字，都來自於老爸「尊」敬中「正」，以前看到爸爸從口袋裡掏出過一百元鈔票，自己卻從來不曾擁有過，這是有生以來的高峰呀！他目不轉睛，盯著鈔票上的頭像，心想：「蔣公一輩子也值！死了，臉還印在鈔票上。」

昏沉之間，穿著中山裝的老人家站在床頭，直指著尊正，翹著白鬍子，指責道：「背誦遺囑，應當心存正直，怎可僥倖，技術性騙取金錢？」

尊正試圖坐起來，但怪的是，挺不起身、也揉不清眼？

「誰呀？為什麼假扮蔣公？不要騙我，你絕不是蔣公。」白鬍子老頭說：「我沒有說我是。」「因為你根本不是，蔣公是浙江人，跟隔壁王婆婆同鄉，講話根本聽不懂的，你國語說得太好了。」「偉人不是一般人，為了要一般人都聽得懂，偉人的國語都說得很好。」「哪有自己說自己是偉人的。」

「做人，要立志做大事，不要做大官。」老頭說：「全無聰明才力者，亦當盡一己之能力，以服一人之務，造一人之福。」尊正納悶：「這是什麼？蔣公遺囑裡沒有呀？」「因為這不是蔣公遺囑！」老頭顯然怒了：「只愛鈔票，連國父和蔣公都分不清楚！」「什麼國父？」陷入深深的昏沉……

只因為在床上耍弄鈔票，睡著了，舊鈔票順床縫掉進牆角，上面的氣味誘來了耗子。等再找著時，已被老鼠咬壞。鈔票上，「國父」的兩眼，被老鼠各咬了一個洞，乍看來，活像是故意挖開的。「毀損國幣！」老爸罵道：「絕不會換給你新的，一輩子好好留著這張挖洞的，反省！」

延伸閱讀

《伊底帕斯王》

古希臘悲劇，索弗克里斯作品。伊底帕斯印證神諭，殺父娶母。亞里斯多德以此為研究對象，寫出人類最早的戲劇理論《詩學》。

清明

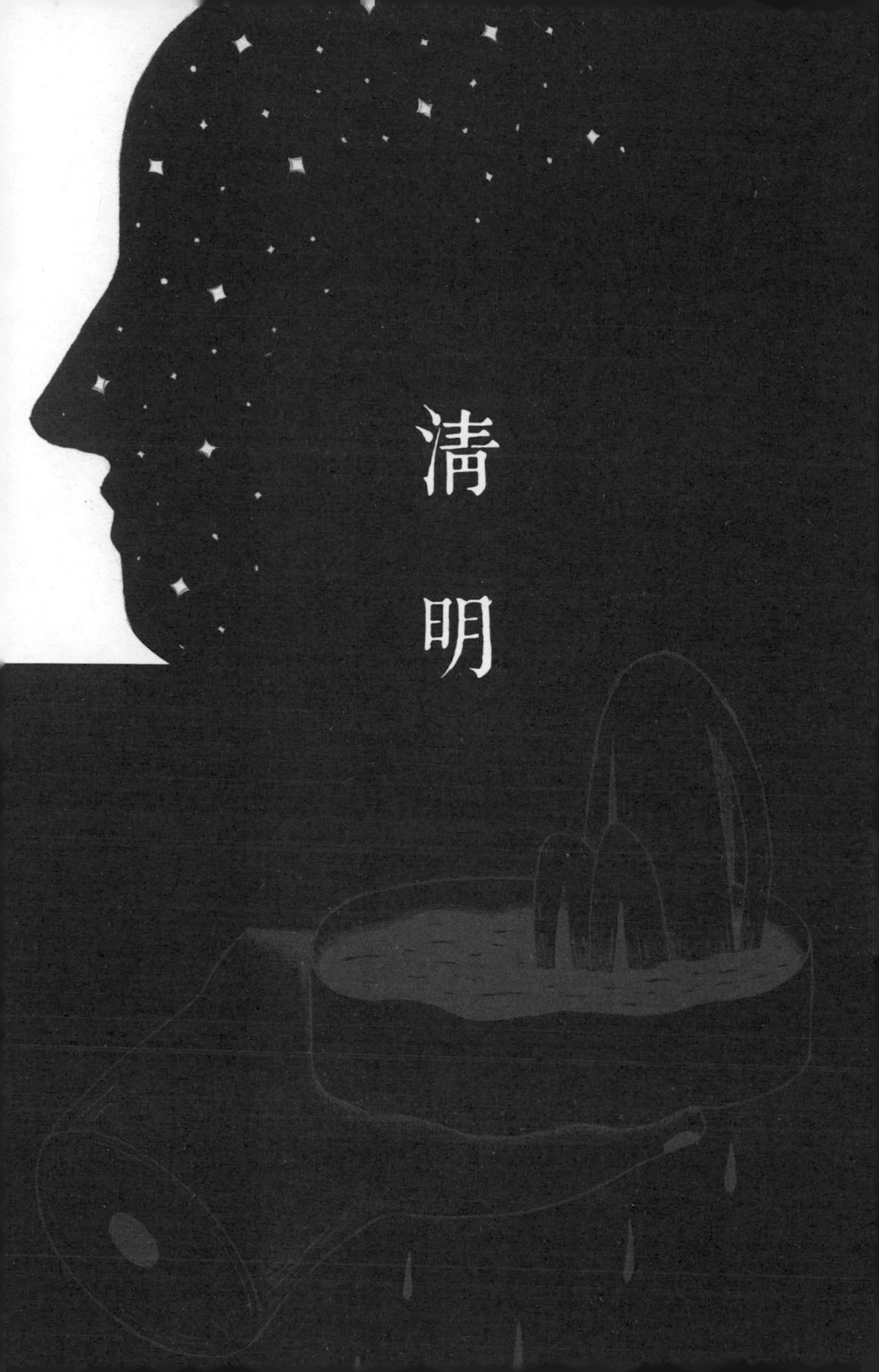

幽靈軍車

招弟是她們家第四個女兒。三個姊姊分別是湘華、淑華、渟華，明明生老三的時候就叫「停」，老四還來個女的，父親盼不來兒子，崩潰了，居然給小女兒取名招弟。可惜，他忘了自家姓「莫」，女兒名字，終究招不來弟弟。

這個不招父親喜歡的么女，十四歲出落得妖嬈異常，寬肩酥胸、蜂腰長腿，剛進了一所私立高職，偷偷削薄頭髮，格子學生裙似是短小了尺碼，能露出膝蓋以上的嫩肉。尤其一對電眼、兩片俏唇，絕無僅有的、覆隴麥田的褐黃髮色。

學校遠，公車擠，願意早起的學生，有更合意的選擇。基地的汽車大隊，每日都派交通車，前往市區接來上班的長官、雇員，下班再送回去。為了配合基地的上下班時間，於是，搭順風車上下學的學生們，就得更早出門、更晚回家，只要到管理站辦一張貼照片的乘車證，就行了。

剛換夏季服裝，招弟的白襯衫，遮不全內透的鮮豔，一抹粉紅胸色，頭上還夾著壓克力的大髮夾，只要進校門時摘下，別被教官叫過去就沒事。

開軍車的阿兵哥，學生尊稱為「班長」，故意對著最後上車的招弟呼喝：「大姊，裙子穿這麼緊，階梯都踏不上來，全車等妳一個，快遲到了！」剛巧，司機正背後的座位空著，招弟坐下，兩人一路吵……說是「拌嘴」更貼切。就這麼一拍即合，日後招弟上車，就有了專屬座位，兩人或說笑、或細語，有時也鬧彆扭，一聲不吭。總之，別人插不上話。

突然有一陣子，招弟不太來坐軍車，有人看見一個穿加工區制服的男生，騎著大摩托車，招弟短裙跨坐後座，風一吹，大腿跟兒都露出來了。

軍車上，還是保留著她的專屬座位。「這個位子不要坐。」班長下令，兩個已經坐下的小胖子，一臉莫名，只好起身，無奈後面已經坐滿，兩個只好站著。

一個下雨的晚上，招弟淋得濕透透，透到看得出她沒穿胸罩，搭放學回頭車，一上來，班長沒說話，把軍用夾克甩了過去，招弟大氣地披上，坐到車尾去。該下車的，都到站下車，誰也沒多注意，招弟沒下車。軍用交通車開到護城河外的空地上，避開人群，避開了軍區崗哨，就這麼停著。

當晚，好幾條巷子的村民都聽到了，有人甚至剛好在外面看到，軍車開得極快，在村裡衝刺、急轉彎、猛煞車，搞出各種特技動作以及恐怖的聲響。有人甚至聽見女生尖叫：「不要！我不要！」也有男人喊：「那就一起撞死！」最後，整車撞下護城河，像是一個過期的罐頭，連同罐裡的肉餡兒，摔成一團稀巴爛！

乃至後來，清晨五點，天剛亮，接近上學時間，村子外的幾個路口拐角，有時還會聽到呼嘯、煞車聲，停不下來的老軍車，還在衝刺。

延伸閱讀

《感天動地竇娥冤》

關漢卿曠世傑作。竇娥被栽贓，以不實罪名遭斬首，幽冥動容，六月天，降下大雪。本劇亦為元雜劇代表名著，俗稱《六月雪》。

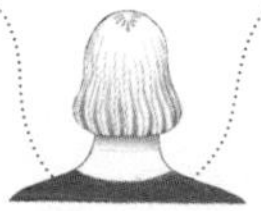

放手

若是早晨遇見了海棠，想要和她說兩句話，她定是急忙要閃，說：「我得趕緊給兒子弄早飯吃。」

如果中午再次見到，海棠仍不得閒，快步回家，說：「中飯晚了，我兒子要挨餓了。」

傍晚總可以安心說說話吧？海棠絕對是行色匆匆，說：「糟了糟了，還沒洗米呢，兒子要餓壞了。」

妙的是，沒人見過她兒子。鄰居們試圖拼湊真相，有人說她確實有一個兒子，三年前在院裡給他洗澡，隔牆被看見了，急匆匆地抱回屋裡。有人繪聲繪影，說那兒子極度遲鈍，吃飯要人餵、穿衣要人穿、走路要人

攙。有人說那兒子面容僵硬，毫無生趣。有人推算兒子的年紀，早該上小學了。海棠總說自己丈夫在外島，再有三個月就調回來了。有人提到曾經見過她先生，但大部分人沒有印象。

鄰居從來不曾真真切切與海棠好好說話，更不曾端端實實地見過她的兒子。像是一團迷霧，只將她們家獨立罩住。有人做出大膽推測：兒子早死了，海棠是在伴屍。

終於，那天她們家遭小偷。

其實不止海棠家遭小偷，是同一排的房梁，都被小偷爬通了。偷兒觀察仔細，等到連海棠這種幾乎足不出戶的人，剛好得跑一趟福利站的時間，他們下手，一個把風、兩個翻牆。從兩頭往中間爬，剛好在海棠家會合。

兩個十幾歲的猴崽子，在海棠家裡放聲怪叫！「鬼！有鬼呀！」引得外面這個也嚇哭了，引得對面的兩位老人家出門查看，三個小偷往外逃的時候，被迎面看了個清，都是市場邊上那幾家的孩子。

當天傍晚，憲兵押著三個小鬼重回犯罪現場，演示經過，三個連海棠家的院子都不敢進，只在門外嘟囔。海棠在屋裡，哭得很大聲，只聽見鄰長的媽媽不斷勸道：「真愛他，就該放手。」那帶隊的憲兵士官長裡裡外外走動，一方面對屋裡的女人不知所措，一邊又忍不住出來罵罵三個小鬼。那士官長臉皮極黑，看來不只是日頭晒的。

再看到海棠，是一個多月後了，海棠搬家，搬回臺中娘家去。一個人住在村子裡沒有盼頭，丈夫因為演習失蹤滿了一年，被判定陣亡。兒子，早在好幾年前就死了，多年來，她餵的、養的、陪的，是一具等身大的木偶。當然，案發後，也被憲兵隊管收了。

那木偶，令小偷嚇破膽的原因，據說是它自己會動、會走、會大聲喊叫。

延伸閱讀

《包待制智勘灰闌記》

李行道作品，元代北曲雜劇，是一部傑出的公案劇。親娘因為心疼而不忍用力拉拽兒子，成為著名的文化典故。

跳牆

「去！把住後面，別讓他走後門。」崔國強對兩個夥伴說。兩個理著光頭的高中生，卡其制服上衣邊角散在褲腰外面，把大盤帽往頭上一扣、夾著綠書包，二話不說地鑽進兩排連棟間的縫隙裡。

典型的眷村房子是長條形，面對面的連棟，間隔一條巷道，各家門對門、院子對院子。房子的後端很妙，尾對尾的家戶，都只隔著一道水溝，在後屋做事，反而能與後對門的鄰居聊得更好。

崔國強瞟了一眼身旁的矮個子，雖也穿著高中制服，但精瘦五短的身子有點不相稱。矮個子很有默契地眨眨眼，沒說話。

「稍微等他們一下。」崔國強說：「等他們到後門堵好，再前後夾攻。

今天非踹死那個土臺客！」

崔國強濃眉大眼，遺傳自美貌的媽媽，他那個剛上國三的妹妹，更是媽媽的翻模，俏唇杏眼，細卷的髮質，無損於剪短成瓜皮型。聽兄弟傳來兩次消息，說那個小騷貨招引了省中的高一學生，放學後看見他們倆鑽進過防空洞。

最令崔國強不能忍受的，聽說那高一小子，是個臺客。

上個禮拜，他曾經偷翻妹妹的書包，找證據。在國文課本裡看到兩行鋼筆字，寫得彈跳做作，不是妹妹的筆跡，這麼兩句：「嬋娟兩鬢秋蟬翼，宛轉雙蛾遠山色。」肏他媽膽子太大了！妹妹的名字叫國娟，敢用她的名字寫詩，還描述臉上的特徵，色膽包天！死有餘辜！哥哥這麼定了罪。

不過，這些細節，他並沒有對兄弟們說。尤其那矮個子，是上高中才認識的同學，外號叫「沙魯」，起先不知道意思，後來聽說，是日語「猴子」的意思。

崔國強沒有笑，嚴肅地沉澱，好兄弟，長得確實像猴子，這有什麼好笑？兩年多來肝膽相照，許多時候無需言語，心意相通。他曾對沙魯說：「我妹是個爛貨。若是我做主，就拿釘書機把她那裡釘起來！」沙魯皺了皺眉頭，像是因為想笑，但用皺眉掩飾了的那種表情。

不過有一件事，崔國強不知算不算是介意，自己經常想到這一點，每次卻都刻意跳過去。沙魯也是個臺客。

隔壁的博美狗汪汪叫，這有點壞事。大伙兒跟蹤小情人，不覺跟回了村子，妹妹忒也大膽，趁爸媽還沒到家的空檔，把情郎帶回家中！聽到屋內呼喝，知道後門兄弟已經堵到人，深知對方已無路可逃，一派輕鬆地逛進屋內。

就看一個壯男身影，在屋裡竄，竄到中央天井，像根兒沖天炮一般，蹭！直直地就飛出去了。沙魯身手最迅捷，跳了三下也就攀上屋簷，一臉猴疑？四個人面面相覷，根本搞不清狀況，就讓人跑了？連對方長相都沒見著？

延伸閱讀

《西廂記》

作者王實甫。崔鶯鶯與張君瑞私情，情愛同歡、踰越禮法，帶出一連串驚喜奇情的故事。

該吃藥了

屠爸是上海人，老伴過世許多年了，無兒無女，一人獨居。

家常盆菜，屠爸信手拈來，鄰居們都嚐過的。燻魚、醬鴨、烤麩、雪菜百頁，不時還有醉蹄、醉蝦、油燜筍、燒栗子、辣椒灌肉。屠爸就一個人，菜永遠吃不完，江浙盆菜又都講究冷食，就擺在客廳飯桌上，罩上六角形的綠紗罩，防蠅蟲。串門來的鄰居掀開紗罩一角，就能自便，捏一口烤麩、夾一隻蝦。

屠爸愛小孩，大門始終敞開著，鄰家孩子們看見老頭兒在院裡，喊一聲：「屠爸爸！」他必然是高聲歡快地回應：「嗳！乖！」點心盒裡有無窮無盡的芝麻片、花生酥、綠豆糕，孩子們禮貌叫人後，總能自選一塊點心，以為回禮。

屠爸的小院子，沒有特別悉心整頓，只維持著一般整潔，但左邊一株不高的芒果、右邊一株低矮的石榴，卻十分惹眼。每年七八月，正是暑假期間，先熟芒果、再結石榴，可謂「青實紅珠」。屠爸總是大方地為孩子們採摘好，洗好，集合大家，一起品嚐……不過，由於是隨便長的，沒有照應、施肥，味道都不行。

趙家小搗蛋，會轉音變造稱謂，故意將「爸爸」唸成兩個三聲「把把」，意思等同「大便」。當小壞蛋親熱大喊：「塗把把！」的時候，會引來其他同伴的群起竊笑。這時，屠爸會假裝生氣，瞇起眼睛，癟著嘴，把食指拇指裝成鉗子，追著小孩兒，被捏到腰眼兒，挺癢的！

趙家家長見識好，教導子弟，「屠」用做姓氏的時候，發音為「禿」。趙家孩子多懂一層，就大聲喊：「禿把把！」兒童笑聲更燦爛了，都想：「把把原本沒長毛，確實是禿的。」

屠爸逗孩子時突然昏倒，好在趕緊送醫院，突發心肌梗塞，影響不大。但醫生說，那些鹹鹹、甜甜、油油的盆菜，都不可以再吃了。屠爸不理，照做，心想自己吃不了多少，做了擺著，鄰居們要吃。

趙家孩子逛到屠家來，屠爸正在瞇一會兒。孩子很懂事，躡手躡腳不出聲，自己欣賞欣賞綠紗罩下的菜，看著一盤油汪汪的茄子，紫豔豔地，很是悅目。巧了，屠爸五顏六色的藥，也放在桌上。他心想：「屠爸爸這麼皮，一定經常忘記吃藥。把藥加好在菜裡，吃菜時就吃到藥了。」順手用筷子尾壓碎了一整包淺黃色的藥片，拌在茄子裡。

殊不知，那是清血管必用的「抗凝血劑」，俗稱「滅鼠靈」，加足了劑量就成了耗子藥。

幸好屠家的灶神也勤快，全程監視著，派了一隻老耗子，上桌吃茄子，臨走時弄翻，並且順便死在桌腳，才避免了一樁意外。

延伸閱讀

《趙氏孤兒大報讎》

作者為元代戲曲家紀君祥。自己義父便是殺父仇人，趙氏孤兒報復滅門之仇。本劇在十八世紀被翻譯成法文，是第一部被譯為歐洲語文的中國戲曲。

跟蹤

「桂園小館」在村外大馬路上，原本是個老餐廳，村裡的桂花阿姨頂下店面，親自下廚，改做川味家鄉菜。這一下可不得了，一般家庭打牙祭的、軍區各單位聚餐的，都愛跑這兒來，一傳十、十傳百，「桂園」就成了眷村家常菜的名店了！

「麻婆豆腐蓋飯」和「酸辣牛肉拌麵」最為驚人，如果沒有預定，或者桂花阿姨不認識你，臨時上門想吃，就只能「蓋飯」和「拌麵」二選一，而且外帶比較快，坐下來怕座位不夠。然而這一飯一麵，倒也成了招牌，許多慕名的客人，就是衝著這兩口家鄉味而來的呢。

楊阿姨則是常客，每個禮拜四晚餐，固定上門。老家在四川的楊阿

姨，對「桂園」特別捧場，據說有好幾道菜，桂花阿姨是請楊阿姨指導鑑定過的。

楊阿姨比先生小三十歲，老夫少妻，戰火下，逃難路上的忘年姻緣，鄰居們看到七十多歲的李老先生，叫「爺爺」，一轉臉看到只有四十歲的李太太，「奶奶」卻叫不出口，自動降一個輩分，叫「阿姨」。楊阿姨同年齡的朋友們，來到李家認真論起輩分，確實得叫「伯父」，沒人敢叫「李大哥」的。

話不太多的「李爺爺」，對於老婆朋友多、出門活動多、生活樂趣多，很是吃味兒。之前就曾發生過，說好了「姊妹聚餐」，不甘寂寞的老先生，偷偷尾隨，也來到「桂園」，假裝不認識，一個人默默坐在角落，獨吃一碗「酸辣牛肉拌麵」，而且還沒帶錢，楊阿姨故意裝不認識演到底，就不付帳，還串通了桂花阿姨不可通融，讓李爺爺自己簽字賒帳。

今天楊阿姨和兩位女士同來，三人都特意打扮了，上午有個朋友女

延伸閱讀

《長生殿》

作者洪昇，清代劇作家，創意取材自白居易的長詩《長恨歌》，以及元代劇作家白樸作品《梧桐雨》。劇情描述唐明皇與楊貴妃的愛情故事。

兒訂婚，幾位太太不想吃酒席，又跑來「桂園」報到了，點了「魚香茄子」、「鍋巴蝦仁」和「乾煸四季豆」。

隨之進來一位老先生，在角落的小桌獨自坐下，桂花阿姨不在，小夥計上了茶、問了點菜。

楊阿姨突然不自在起來，姊妹們的話題也有一搭沒一搭的，草草混過一頓飯，讓兩位先離開了，自己坐到老先生這桌來。確實是李爺爺，他又跟蹤老婆來餐廳了，老頭兒空對著一碗麵，一口也沒吃，抬起頭來，望著半百的妻子。楊阿姨什麼也不說，只是坐著，靜靜地坐一會兒，然後起身，把兩桌的帳都會過，慢慢往外走，老頭兒自動跟上，尾隨而去。

也是湊巧，朋友是新朋友、夥計是新夥計，沒人認識已經走了一年多的李爺爺。

預見

雨後，大馬路上喧騰不已。

所有的車輛、都在路邊暫停、避讓，行人也暫時進入公園內、或商店內，大馬路上正在「行軍」。部隊移防，看來像是從基地裡遷出，開往火車站，裝載上火車，再移往新駐點。裝著物資的軍用卡車、載著阿兵哥的卡車、拖著大砲的吉普車、拖著橡皮舟的吉普車……以及，驚人的高炮台坦克車！

計程車裡的乘客，無奈地第三百次看錶，耐不住躁動。司機從後照鏡窺伺，說了句：「演習等同作戰，只能等，沒辦法。」

乘客的煩，不止來自於停車，也為了這輛車本身：破座椅、爛地毯、髒車頂，儀表板毫無遮蔽，玻璃都破了，裸露的各種電線、散落的各種渣殼，方向盤上的陳垢，不知是司機多少汗漬、膿痰、鼻屎積累出來的？萬一等會兒要找錢，該怎麼接過從他手裡傳來的零錢？一無是處的車，計費表倒是新的！百元計費單位的三道數字槽，外加小數點，以及後面那道會跳出五角零頭的數目字，黑底白字，保證準確無誤。

剛才從外觀上就已看出來它的頹廢，實在不該上車，但為了躲雨、也為了趕時間，今天必須讓那婆娘簽字，晚班飛機便要飛美國，新的生活、懷孕的嫩妻，已經等著他了，萬不能再被過往的錯誤牽絆。勉強忍耐一輛破車，萬沒想到，都到了眷村外頭，居然遇到部隊移防，還得在這惱人的車腹裡等更久。

太陽蒸騰著未乾的雨水，乘客搖下車窗，望向馬路對面，一牆之隔，裡面便是影劇六村。裂開的一道牆縫，看見兩個小童，男孩兒赤著腳，正在用脫下來的黃雨鞋，舀水坑裡的泥水，灌入女孩兒的紅雨鞋裡，女孩兒穿著雨鞋，甘願地被灌水，涼水激著嫩腳，笑得似三串銀鈴。

他想著：「冤家！就似這般，竹馬成了糟糠，竟不知妝容還在遠方？」對司機說：「我下車，自己走進去吧。」司機大聲勸阻：「不動！移防演習的兵跟瘋子一樣，子彈是上膛的，不定怎麼惹到他，就走火了。」說著轉過臉來，乘客看著慎慎可怖！這司機的左眼不存在，一個深深的大洞。這才知道，不只是車，連開車的司機都是壞掉的。司機自報家門：「手槍打掉的。」

乘客不聽勸，丟下整張百元鈔（反正也不想收他找的錢），自行開門下車。司機搖開車窗，喊道：「忍住一時，改變命運。」但卻只能瞪著僅存的單眼，看著乘客，順著最後一台坦克的尾端，趁勢衝過馬路，隨即哨音、嚇斥聲大作！「啪」一地一聲槍響，他宿命倒地，未中彈的右眼，瞄到牆縫內，兩個兒童驚駭的表情。

戰車履帶，繼續翻刮著路面，轟隆轟隆地遠了。

延伸閱讀

南戲《琵琶記》元代劇作家高明作品。家鄉變故，趙五娘上京尋夫，發現夫君蔡伯喈居然早已得中狀元，且被丞相招為女婿。是傳統戲曲「負心狀元」類型之典範。

成人畫報

哥哥確定是逃家了，連兵役單位都來家交付了通緝令。柳瀚奉命燒掉所有哥哥的存書，老爸宣布：「從今而後，柳家沒有這樣的子孫，柳浩，除名！」

其實是有跡可循的，柳瀚一邊整理著、一邊還翻看，有些好玩的，不一定非燒掉吧？去年，就是因為被逼著燒漫畫，哥哥才跑掉，他就是愛看漫畫，幾乎把所有的零用錢都攬在這上頭。想著那套英文的《Fantastic Four》，投進生火的鐵桶裡，可比是Human Torch放火自焚，柳瀚覺得真可惜。

站在老爸這邊想想，哥哥確實不該，男子漢大丈夫，就算被爸爸打重了些，也不可逃家。媽媽早走了，臺灣已是舉目無親，父子三口窩聚村裡，是相依為命。想著想著眼眶熱了，柳瀚雖小，心中卻打定了主意。

看看畫報！花樣還真不少，英文電影的、日本玩具的、香港電視節目的……柳瀚聽哥哥說過，是後街的一個書攤老闆，專門向跑船的船員收購的。

突然，軟軟薄薄的一冊引起了注意，封面幾張女人照片，都是完全沒有穿衣服的！柳瀚幾乎「啊」一出聲音來，雖未明講，找的就是這一本。曾經偷翻哥哥畫報，就翻過這本好幾次，少少二十幾頁，卻是精彩絕倫！照片旁邊配著疏疏兩行中文，卻看不太懂？

柳瀚已是國三，懂得緣由，這是香港畫報，配的自是廣東話。暖中帶熱的陽光，鋪蓋了整個院子，柳瀚前胸熱、後背熱、脖梗子熱、耳根子熱……胯下也熱。

咦？一頁陌生的畫面？場景在一座古宅的水池畔，池中殘荷、岸旁敗柳，隨便鋪設的白茸茸獸皮臥褥上，側著一個想必之前穿古裝的女人，面容精緻、妝彩濃豔、妖氣騰騰，應是扮演女鬼。交疊著兩根赤條條的大腿，胸前掛著一塊肚兜，卻是透明的！胸前兩點，尖翹翹地將肚兜往外挺起。

柳瀚反覆看著，看盡了她身上的每一毫，覺得自己渾身酥麻，一寸都碰不得，隨便一擦一按，青春恐怕就要噴發。

啊！香港是個什麼樣的地方呀？怎可這麼放肆狂想？怎可如是癲狂行事？有一批人，居然就能成天想著這些畫面，擺弄女明星，設置場景，拍攝香豔照片，印成畫報，在大街小巷賣。啊！哥哥該不會是去了香港？柳瀚感嘆想著。

沒注意女人身後環抱她的那個漢子，一隻手探進娘們的胯下，半張臉被遮住，似在啃嚙她後頸。男人肩上一個刺青勾住了柳瀚的眼光，那是哥哥的肩膀？刺的是他設計的圖案，是他自己的名字，方框框裡面一個小篆體的「浩」，柳浩的浩。

想想不合理。哥哥離家已經一年，這畫報是許多年前的舊物，是從後街買回來的，他自己怎會在書中呢！

延伸閱讀

《牡丹亭》

明代劇作家湯顯祖代表作。杜麗娘與柳夢梅的驚世傳奇，因愛而死又因愛重生。原為海鹽腔戲曲，經人改作為崑山腔演出，乃盛行，後世慣稱其為崑曲。

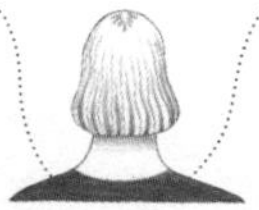

芒種

一對兒

「明天就要入學分班考了，你不應該再來找我說話。」朱心慈站到門外來，半掩上門，對面前的羅凱旋說：「國中功課壓力很大。」

「我只是覺得……」羅凱旋說：「前兩天沒有把話說清楚。搖頭娃娃，是畢業旅行到日月潭，我唯一買的東西。」

朱心慈料到他就是要來提這事，心頭一虛，聲量忽地降低：「我知道啊，你說過了。」

羅凱旋比起其他十二歲的少年，多出一分老氣，也剛巧，個頭開始拔高，在相對更加成熟的女同學面前，並不稚嫩。「當時在小店我就看見，妳好喜歡，卻沒有買，我就決定一定要帶回來。」朱心慈眼睛望向別處，聽羅凱旋說著心意：「老闆娘當時就說『這是同一根竹子削下來的材料，做成一對娃娃，分別畫成男女。它們自天地生成以來，從來沒有分開過。』」

「你這樣說是什麼意思？」朱心慈聽了這話，不知道為何不開心？羅凱旋鄭重地強調：「它們一直是一對兒。」朱心慈快速回應：「那就不應該拆散它們。」他們倆也是，自出生就是一對兒，原本是隔鄰，後來朱家遷往上坡，幸虧上小學，兩人剛好編在一班，六年玩伴之後，又繼續當了六年同學。

羅凱旋說：「就是希望我們一人保管一個，只要我們常常見面，它們就永遠會是一對兒。」這句話，是他在日曆紙上預先寫下，用心背過的。

不想朱心慈憤憤道：「那我為什麼感覺你好像是後悔了？想要回去？送給別人的東西不能隨便要回去，很沒禮貌。」

「意思是說，妳沒有扔掉它？」羅凱旋說話時不自覺上前一步，朱心慈不由自主向後退了一步，兩人本來全無嫌猜，何以會如此？太陽一蒸，羅凱旋自己都聞到了身上的汗酸味兒，朱心慈只是後退，卻不遮鼻掩面，已算相當客氣。

「說完了嗎？」朱心慈退回門內，說：「你也該回去念書了。」羅凱旋抓住外門把，說：「請妳告訴我，男娃娃妳有收好，並沒有扔掉？」

朱心慈不說話，眼淚汪汪，她側臉揮去一把，堅定誠懇地說：「對不起，我向你承認。大前天你把它送我之後，回家來一直就放在我的桌燈下。昨天……突然不見了，怎麼找都找不到。我也不好問我媽，萬一她問起來歷，我不好說……」

羅凱旋突然有一種如釋重負的語氣：「上國中之後，我們再也不會分在同一班，我只是希望，我們不要變成不說話，我們永遠都要是好朋友，好不好？」羅凱旋說著就哭了，朱心慈早在門裡哭成瀑布了。

「這兩天，女娃娃原本單獨站在我的桌燈下。今天一早突然看見，男娃娃緊貼著女娃娃，渾身是泥巴。」羅凱旋說：「我猜是昨天，它自己回來的。」

延伸閱讀

莎士比亞

《羅密歐與茱麗葉》

家族世仇之下，相愛的少男少女決定私訂終身，終於導致殉情悲劇。

白蟻

雨，是下定了，白蟻如煙霧般從屋脊鬼頭側邊噴出來，或團繞、或散飛。雷康用力吸了一口菸，噴吐出去，驅散飛到臉面的幾隻。

老房子就是這樣，木構裡早就長滿了白蟻，平時一隻兩隻，沿著土牆爬下來，不甚起眼。一旦濕熱的南風起了作用，白蟻的翅膀便會集體抽發，振作、沖天，進行一生一回的壯盛旋舞，隨著停滯的、暖熱的空氣，環繞、衝撞、穿梭。每一隻白蟻都吶喊著，用盡了生命最後的全部精力，隨著飛舞，配唱著讚歌。歌舞中，雨神降臨，將白蟻群所造成的煙幕淋熄，落地的灰燼、羽翅、屍骸沖刷盡淨，當落日最後一道餘暉鑽出將散的雨雲，晚風襲來，一切就像未曾發生過。

看似壯烈卻其實平凡的循環，犧牲的蟻眾，騰出了幼蟲的生存空間，新一代的白蟻，向著未朽盡的梁木核心繼續啃蝕。

雷康滅了菸屁股，續點了一支。感覺臉上滴著了一滴，雨就要來了。他決定繼續待在院中，等著雨水沖刷。

雷康剛剛在屋裡勒死了正在午睡的哥哥雷建。

雙胞胎兄弟，分岔點發生在初中畢業。雷建錄取進入海軍幼校，雷康輾轉進了海專，循著路子，在退伍後跑船，在遠洋船上擔任基層水手，十年間，遍遊世界港口，養成漂泊、浪漫、略帶野性的魅力，說是「海盜」個性也行。

雷建海軍官校正期班畢業，從畢業前的敦睦遠航開始，十年間也沒有幾天是在陸地上的，以船為家的人，結什麼婚？青春的娘子獨守在眷村小窗下，數著沿牆而下的白蟻？

相貌酷似的雙胞胎雷康，恰從海外回來，起了迷幻替代的作用。雷康自己照鏡子的時候，也經常納悶：「就這麼一張平凡的臉孔，在船上忙什麼？能有什麼真正的前途？都是幻覺！愚忠！」

更何況，「嫂子」肚子也大了，雙胞胎其中一人所下的種，對新生兒差別不大。雷康的如意算盤是，就當消失掉的是自己，生活下去的名字是「雷建」，太太還是太太，家還是家，一切不變，只有取而代之。

然而雷康所不知道的，哥哥並不是他照鏡子時所自以為的平凡不起眼，雷建剛收到總部的任官令，即刻出任驅逐艦艦長，黎明前就要登艦報到，誤了時辰，軍方馬上就會找來。

白蟻，飛聚一處，形成一片巨大的屏幕，雷康面對著牠們，像在對照一個等身穿衣鏡般，屏幕中照出自己的形象……毋寧說，更像是哥哥雷建。白蟻振翅、閃爍，無言地表達逝者的心思。

延伸閱讀

莎士比亞《哈姆雷特》

丹麥王子哈姆雷特發現自己父親是被叔父殺死，一連串的復仇行動。

想看

砂眼大流行，一班學生五十人，能有十幾個感染。子弟學校眼藥膏不夠發，於是以各班為單位，每天定時點眼藥。

戴榮華有天分，翻眼瞼準確迅速，於是被任命為翻眼專家，每天午休前，在兩位同學監督下，仔細洗手，擦乾後再在手指尖塗一次酒精，六年三班十幾個感染砂眼的同學在講桌前排隊，翻眼點藥，戴榮華翻同學眼瞼，雍傑點藥膏。

雍傑是班上最好動的同學，老師這次特別安排由他來為同學服務，一來消耗他的體力，二來消解平日作弄同學的恩怨。俊俏的雍傑故意板起臉孔，嚴肅地執行公務，但誰看了都想笑，尤其是他拿著尖尖的藥膏管，指向眼睛的時候，故意裝起「瘋狂怪醫」般的神情，惹得同學吱吱怪笑。

「雍傑！」真正嚴肅的戴榮華喝道：「告訴老師喔！」雍傑裝出無辜表情：「我又沒怎樣？誰像妳，幾歲了還兜尿片？」不懂事的十二歲男童，弄哭了略早長成的少女。但這小子天生一對清亮大眼，電刷般的長睫毛，搗蛋後很容易被原諒。

點到林惠芬，她的左邊鼻孔像是拴不上鈕，總在流湯，有時黃湯、有時濃湯，現在夏天還算好，只是清湯。她眼睛特細、特小，又是單眼皮，每次翻到她，戴榮華又瞇眼、又皺眉，總不能一次翻好，加上今天，被雍傑氣了，眼淚糊了視線。

雍傑剛被吼過，懲悶也無處發洩，就用尖尖的藥膏管指著林惠芬：「眼睛睜大！告訴老師喔！」

眼睛小，人家自己知道，不需要大眼睛的調皮男生一再提醒，一瞬間閃電爆發，抹了自己鼻涕，往雍傑臉上揮了一把。

有點像是刺蝟、臭鼬，雖是小動物，卻有反射防護機制，而且深知其他人不能忍受什麼，刺雖細、臭雖微，處理起來卻很棘手。往討厭的人臉上抹一把鼻涕，是林惠芬發展出來的反攻模式。同學還為這取了專有名詞，叫「北冰洋巫婆湯」。

沒想今天這一揮，把雍傑手上的藥膏管拍進了他的大眼眶裡！好險！沒事！保健室阿姨很仔細地取出了藥膏管，只是側側地夾進上眼瞼，沒有傷到。只是一管藥膏浪費了，一大坨擠進了雍傑眼睛裡，管頭也碰到了，不能再給別人點。

因為沒事，同學就可以開雍傑的玩笑了：「你點了我們的眼藥，我們的砂眼就由你一個人負擔了。」「眼藥膏配巫婆湯，有什麼特效呀？」「想看什麼就看什麼囉！」「想看什麼哩？」「想看戴榮華三角褲什麼顏色？」

雍傑從那天起還真安靜不少，也許是嚇了一跳，變乖了？還是因為點了「北冰洋巫婆湯」，真的能想看什麼看什麼？戴榮華看見他，總是臉一紅，走了開去。

林惠芬倒是一如往常，瞇著小眼，汩汩淌著巫婆湯。

延伸閱讀

莎士比亞

《仲夏夜之夢》

一齣浪漫喜劇，充滿魔法的森林裡，小精靈惡作劇，追求愛情的男女們一段奇幻遭遇。

味道

已經是第二十次洗手了，還是那股草莓味兒。

浸潤燠熱的南風，已經盤桓了好幾天，雨就是不下來。老姊妹出國看兒子，把老白貓託養在此，門窗不敢開，怕貓見縫鑽出去，不是自己家，再也回不來。那老太婆平常給貓用的是什麼香精？甜膩膩的草莓味兒，聞都覺得快招螞蟻了。

偏在此時，白阿姨的偏頭痛也犯了。

「我們剛好叫小白，住到白阿姨家來，多有緣分呀！兩位白小姐，要乖乖的啊！」白貓他媽臨走前是這麼交代的。可那畜牲！在牠媽面前裝乖，老太婆一上飛機，這貓像是事先計畫好了一般，開始嚎叫。短聲的、長嗚的、低嗚的、尖嗥的、喘促的、慢吟的……

怪了，自己還記得吃飯？吃飯的時候停一停，刨砂盆的時候停一停，午後打盹的時候停一停，其他時候則是叫個沒完，例如白阿姨想瞇一下的時候，白阿姨夜裡該睡好覺的時候。

紗窗上摳出來的洞，只好用日曆板補了，紗門下掰開來的縫，只好用舊砧板釘了。越來越熱的天，卻越來越不透風的門窗，一台蓋在厚厚塵衣下的大同電扇，據說原本是綠色的，努力運作，邊抖邊擺，既搖頭，又點頭。

貓，坐在電扇的下風，隨著搖頭點頭，神情活像個不置可否的印度阿三，一黃一藍的兩隻眼睛，陌生人看來，直誇讚純潔慧黠，白阿姨看，實是個心機重重的陰謀份子。

進而轉念：「不就是個小動物嘛！哪有那麼心機，過度思念主人，也算是一片忠心，是個好貓啊。」白阿姨輕撫著小白，實盼望這一點討好，

延伸閱讀

莎士比亞《馬克白》

馬克白受到女巫預言的誘導，在逐步升遷的機遇中，逐漸喪心病狂，弒君並取而代之。

能換來短暫的安靜，甚或未來兩個月的平安。這玩意兒，呼嚕了幾聲，似是領受了賄賂，卻短短十秒鐘不到，感應到這不熟悉的撫觸，不來自應有的舊主，又乾嚎起來。白阿姨的手，剛好滑過畜牲的後頸，突來的憤怨，催動手掌一緊，狠甩三下，不想聽得輕輕一聲「喀」，貓頸甩斷，整隻癱軟了。

白阿姨自己也軟了，耳裡嗡嗡巨響，是因為著急害怕嗎？毋寧說，是因為再也沒有一聲貓嗥的永恆寧靜。持續幾天的偏頭痛也立刻好了。

處理掉貓屍，屋裡屋外大掃除，就是刮不掉掌中那股化學香精。白阿姨暗暗打定了主意：「反正她媽還有兩個月才回來，到時就說是牠自己跑了，一去就沒影了……但萬一這味兒去不掉怎麼辦？」

雨，終於下了，然而一下雨，手上味道卻更清晰了。

說好話

「那就決定了，就是這一雙了？」女兒沒有點頭，嘟著嘴，靜默地接受了結論。老李掏出幾張綠票子，請店員打包。

「老二，該妳了。」老李像伺候妻妾、情人一般地耐煩。老二健走如飛，應是在櫃位上早選定了，快速走到，指著鞋，眼睛眨巴眨巴。

「這是便鞋呀？」老李說：「我們不是講好，要買學校穿的嗎？」「這雙學校可以穿。」老二堅決地說：「我們班好幾個同學都穿有顏色的。」

這時，老大拎著自己不情願獲得的鞋，緩慢地也走到這端來了，另一手，牽著剛上小學的老三。

是的，老李三個女兒，老大開學後上初中，老二升上六年級。結婚當時已經很遲了，五十歲從鄉下取了個小太太，小二十來歲，身體其實不好，連生了兩個女兒，有點吃不消。老李原想算了，隔了幾年，還想生個兒子的念頭又浮現起來，放膽又生老三，還是個「不帶把兒」的。可憐媽媽，耗損殆盡，生下老三，自己就走了。

老李就像是條吳郭魚爸爸，將小魚含在嘴裡養，靠著學校伙房的那一點點薪水，領著聊勝於無的教育補助，眼看三個前世小冤家，就要拉拔大了。

老天就是不打算給他充裕的時間。六十五歲屆齡退休，健康檢查說他腸子裡「有東西」，最多剩下半年。這硬漢沒讓任何一個女兒知道，只跟平常不一樣，說：「上百貨公司買新鞋。」

「說給我們買鞋，結果都是你的意見啦！」老二負氣地說：「結果大姊也是只買了上體育課的白球鞋，我想要紅皮鞋也不行！」老爸說：「再過一年，妳就要畢業了，如果腳沒有變太大，黑皮鞋上初中還能接著穿，紅

延伸閱讀

莎士比亞
《李爾王》
李爾王想將國家分封給三位女兒，卻偏聽阿諛奉承，對於小女兒的正直言語感到不快，最後遭致悲慘下場。

皮鞋，就浪費了呀。」老李窮了一輩子，深深明瞭「一叢深色花，十戶中人賦」的道理。

眼看著店員把同款皮鞋，黑色打包，紅色的放回展示架，老二也不說話了，豆大的眼淚，串串滴溜地滑出來。

「輪到妳了。」爸爸牽起小老么的手，老三一把抽開，躲到大姊身後，不要爸爸牽。「怎麼了？」爸爸說：「要上一年級了，買新鞋呀，買雙紅的！」「偏心！」老二毫不掩飾地尖叫：「偏心！」爸爸解釋道：「她小嘛，穿不了兩三年，腳長大了，就得換。」「浪費！」又是老二：「穿我的舊鞋就可以了，我以前還不是都穿姊的舊鞋。」「好了。」爸爸制止道：「讓妹妹自己決定。」

老三低著頭，搖頭，是怕走上「被決定」的結果？還是知道了什麼？她們都沒有料想到，這應該是老爸爸最後一次給她們買鞋。

枕頭

羅上尉被上了手銬，左右兩個憲兵，押他上了吉普車，三個人都異常地黑。兩個憲兵可能是站崗晒黑的，因此分辨不出來是不是山地部落子弟。

然而羅上尉是。他是官校正期班畢業生裡，少數的山地原住民。早年部落裡讀書不容易，子弟們難有好成績報考官校，羅上尉是羅家收養過繼來的，從小在眷村長大，隨了漢人父母姓，卻依然隨著遺傳血統，練就了一身體魄。

圍觀的媽媽們七嘴八舌：「番人果然還是有野性喔！」「乖乖嚨的咚，怎麼下得了手？」「他岳父不親手崩了他！」「有夠夭壽喔。」媽媽們雖然各有鄉音，溝通八卦卻向來是暢通無礙。

羅上尉前途一片看好，從畢業掛少尉，一天不耽誤，三年內升上上尉，派任步兵連長。結婚後分配眷舍，給了他影劇六村下坡，接近「八家將」的區段，也就是說，距離他老岳丈家最近。

死者抬出來了，是二十出頭的羅太太。圍觀的媽媽們不捨地哭了：「非我族類，其心必異！」「乖乖喲！嬌滴滴的小娘子就這麼沒有囉！」「他老丈人不是好惹的，當年是真殺過鬼子的。」「夭壽喔，正少年喲。」

是的，羅太太的父親，中將退伍，當年也是抗戰英雄。女兒和小軍官自由戀愛，老將軍的那一點芥蒂，說穿了，還是在於羅上尉的血統外貌，但是，既然小兒女的願望是真心的，老爸爸看女婿的重點，只好轉移到未來事業的發展上了。

在管理站旁的廣場，封街大宴。一場婚禮，稱得上是朱紱紫綬、白旄黃鉞，光是肩上掛著星星的人，也就坐滿了主桌。全村的鄰居，夠熟的，坐上來吃兩口菜，點頭的，敬一杯酒。就算不認識，那天路過，也就認識了！

步兵連長是沒法回家的。青春正盛的羅太太，朋友也不少，中學的同學、同學的同學，其中也不乏男男女女，於是，話就傳出來了：某某男士，單獨來他們家吃晚飯。某某男士，九點宵禁了，還在他們家。某某男士，被看見第二天天不亮從他們家出來。

助理端著一個枕頭走出來。「這就是鐵板證據！」「枕頭悶的呀？小娘子好慘噢！」「一報還一報！老將軍會親手悶死他！」「夭壽喔！正淒慘喔！」

軍法官最後從屋裡出來，倒掩上門，貼了封條。押人犯的吉普車、運遺體的四分之三、載運人員物證的麵包車，車隊揚塵而去。

是大家的錯覺嗎？怎麼還看見羅太太嫩秀的臉龐，掛著兩行清淚，印在枕上呢？

延伸閱讀

莎士比亞

《奧賽羅》

黑人將軍奧賽羅聽信讒言，懷疑妻子出軌，用枕頭悶死結髮之妻。

生力麵

班長從外面進來，頂著強灌進來的風，掩上門，插好兩段插梢，再把樟木箱頂上。氣急敗壞地咒罵著：「媽的！全沒了！」

矮子慢條斯理地說道：「這麼快？全沒啦？」班長惡狠狠地瞪著他，並不說話。矮子收聲，並不往下說。

垮臉皮的傢伙不識相，偏要補問：「那……換點別的？」

班長這下炸了：「媽屄呀！聽不懂呀！全沒了！什麼意思？就是什、麼、都、沒、有、啦！」這是典型的歇斯底里，雖然他們三個都不懂這個名詞。「叫你們辦點事！」加上正要說的這回，大概算第八次發作了，班長嚎叫：「叫你買麵，買一包！叫你買蛋，買一個！你們是他媽同一個媽生的！一個胎裡來的白痴！」

風呼嘯著，所謂「中度颱風」真的登陸了，橫掃的雨，撲打窗戶，幸虧外紗窗已經化解了大部分的衝擊，不然，窗框上每一個用橡皮膏打了「叉」的玻璃片，未必都撐得住。「轟隆！」「忽打打！」「咻！」「忽打打！」

三個北方小漢聽著風聲雨聲、交伴著窗框門框的抖動聲、瓦片盆栽的摧倒破裂聲，少小離家，在島上活到快四十了，還是打著光棍，還是很怕颱風。約了一起過颱風夜，一起泡生力麵。班長說他出鍋子、出熱水，家裡還有青蔥，叫他們一個人買麵、一個人買蛋。

「班長別生氣嘛，我真以為你們都有了，只差我沒有麵。」矮子低聲下氣道。垮臉皮也趁機追著說：「我也以為就差我一個蛋。」「你他媽沒有蛋！」班長順勢又一罵，算是個句號，因為他擦著了猴標火柴，對上爐嘴，開始燒水了。

兩個衰蛋識相地閉嘴，他們很清楚老班長的脾氣，這就代表罵人結束了。

水滾後關小火，丟進麵塊，撒好粉料，慢燉一會兒，待得時機成熟，開大火，打進蛋花，速速關火，撒上額外的蔥花，便是幸福滋味。都說生力麵味精多，不好常常吃，但是，當做颱風天的安慰大餐，卻是當令應景。

雖只有兩根蔥，細細切完，卻抵得上大半碗湯麵。班長關火，並不把麵盛出來，過多的熱湯裡，可憐一坨麵、幾絲黃白蛋花，布滿表面的大把青蔥！

「先吃吧。」班長語氣平靜，但誰都聽出還有點在賭氣，誰也不敢先動。三個空碗、三雙靜置的筷子，呼呼的風聲，搭配著軋軋、轟轟的牆壁、房梁摩擦聲。牆壁竟緩緩地滲水。

三個人不由自主地站了起來，一起後退了幾步。

燭影下，牆上的滲水，逐漸匯聚成一幅圖畫，明顯的一個人形，披頭散髮、寬袍大袖、笑容可掬的男人，左手指著桌面，那一小鍋灑滿蔥花的生力麵。

延伸閱讀

莎士比亞《暴風雨》

魔法師普洛斯彼羅被弟弟陷害而與女兒困在荒島上，憤憤不平的他用魔法召喚暴風雨，恩仇相報。

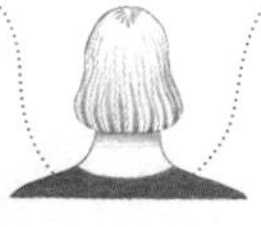

白露

沒臉見人

到了容老師家門口，尤乙玄突然覺得非常後悔。

「進來躲一躲吧。」容老師收起折疊陽傘，說道：「淋了雨，至少用毛巾擦擦頭？」

一場突如其來的陣雨，尤乙玄推著腳踏車，容老師撐起一把陽傘，兩人都淋濕了。

「我還是快回家吧。」乙玄想起，這容老師至少比自己大了十歲，剛才那樣被環摟著腰打傘，該不該勉強自己，覺得噁心呢？

雖被稱作「容老師」，但其實沒人知道她是在哪兒教什麼的？三十出頭的豔麗熟女，濕濕的髮稍貼在額上，些微不快的嘴角，說：「還以為可以為你煮個薑湯，驅驅寒。」

不知怎麼？那「為你」二字鑽進了心房，剛上高一的少年不作聲地把車推進院中。

就是一種好奇，在福利站看見容老師買了整箱的東西，二三十條毛巾、兩打黑砂糖香皂。乙玄多問了一聲：「需要幫忙搬嗎？」直至此刻，已在容家院中，正在把一箱毛巾肥皂搬進屋裡。

客廳景象十分詭異？四個人擠在長沙發上，排排坐。容老師一一介紹：「是我爸爸、我媽媽、我哥哥、我弟弟。」四人各自點頭，都沒有出聲。倒是內屋傳出聲響，不知是收音機還是唱機，聲音雖細小，但還是馬上聽出來，是有人用日語說話，某種廣播劇的意思。

尤乙玄心頭更緊。最近才讀了一些日本鬼魅故事，其中一則就是關於一個俏麗少女，勾引男人回家。那些色鬼以為撞著豔遇，待得進入香閨，少女將人推入密室，掩門熄燈，屋裡是她過世多年的姊姊，一個亟待吸取純陽汁液的花痴乾屍。

容老師收妥毛巾，走了出來，道：「我媽要聽的，她當年念過日本書，偶爾還聽聽日文，算是一種懷念。」

乙玄這才驚覺，這家人長得好像喔！像得離奇！老人、老太婆、壯兒子、瘦兒子，四個排排坐的軀體，大小胖瘦雖不同，臉卻一模一樣？不分男女、沒有年齡，便像是轉印，還是照譜描畫上去的。且在昏暗的室內，臉上透著不自然的乾淨，仔細聞，四人都飄著淡淡黑砂糖皂香。

「他們都幹過一些見不得人的事，躲了好一陣子，最近才研究出換臉的辦法。」容老師手上捧著一個藍白條紋的毛巾，就是軍眷福利站裡賣的，最尋常的那種。

續說道：「還差一個老頭兒、一個老太太。全家人都有了新臉蛋，才好出門。」

尤乙玄驚駭不已，坐在板凳上不知所措，低頭瞧著美女送上來的濕毛巾，蒸著熱氣，中央黏糊糊一團，聞氣味，似是溶成漿的黑砂糖香皀。

「聽話，用熱毛巾敷敷臉。」容老師青眉朱唇，略帶淒楚地說：「你長得好傻，我喜歡，以後就轉印在我弟弟臉上吧。」

延伸閱讀

《長夜漫漫路迢迢》

這部自傳式作品，描述表面平和的家庭關係，從白晝晴空轉為迷霧惡夜。作者是四度獲得普立茲獎，以及諾貝爾文學獎的美國現代戲劇大師尤金·歐尼爾。

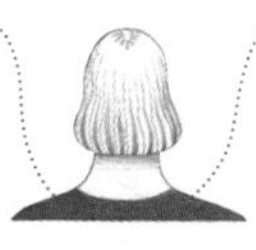

泡澡

白小姐一如其名，真白，不但白，而且噴香。白小姐的漂亮，超乎一般人的見識，都說逃難來的，哪有這麼會打扮的？一定跟過往的出身有關，有說是霞飛路陪人跳舞的，有說是秦淮河畔唱小曲兒的，還有說根本是八大胡同的。都是吃不著大棗兒嫌蟲爬。

還有一個原因，是嫉妒小柯。小柯的老婆就漂亮，剛上四十，沒聽說病，怎麼就走了？老婆的姊姊來奔喪，大夥兒才見識到美人的家族血緣。令人嫉妒的是，這白小姐怎麼就住下了？也不矜持、也不避嫌，送走了妹妹，索性就在妹夫家住下了。

白小姐的頭髮梳得精緻，梳總、分流、不跳絲。衣裳、配件搭配雅

緻，質料、配色顯然用心。皮膚保養細緻，薄施脂粉，就那麼明豔可人。五官眉眼標緻……天生的，無可挑剔。

然而小柯也不過就是個貌不驚人的傢伙，江蘇人，自有一股南方才子的秀氣，上尉退下來，轉軍區聘員，下了班跑步、打球，一頭汗、一臉好精神，不太笑，話也不多，平凡得不得了的男人嘛。

老聽到他們家浴室在放水，嘩啦嘩啦的，定是放了滿盆子，再下去泡澡，泡泡涼了，還放第二池。不時傳出歌聲，有〈天涯歌女〉、也有〈何日君再來〉，興致來了，還混上幾句〈只要為你活一天〉。放掉的水流進後巷子的小溝裡，都是帶著浮泡的白濁皂水。

相熟的哥們兒向小柯打探，據本人說法，他們玉潔冰清，並未逾矩。眾人不免大呼可惜！都道小柯不懂把握時機，所謂「明朝風起應吹盡，夜惜衰紅把火看」，一天早上，鄰人們看見小柯大包小包地出門，探知他北上出差，大家決定，「看看」都好。

村子本不是叢林，但也豢養出野獸，畜牲同時扮演獵人，簡直亂套。也不用翻牆、也不用挖窗，小柯前腳出門，幾個好事者就探好了路線，從緊隔壁的中段天井，可以直窺浴室透氣窗！時間差不多，天也黑了，聽到放水聲。幾個男人無聲聚首，關了燈，假裝沒人在家。

傳出了歌聲，今天唱的是〈我只在乎你〉：「人生幾何能夠得到知己，失去生命的力量也不可惜……」幾個畜牲輪番窺伺，都看到了……都被白小姐看到了，她不慌不忙，將自己慢慢沉入澡盆，融化掉了！化在水中，一放水，隨著泡沫，一起從排水管流掉了。

之後的夜裡，總還是聽見汨汨不絕的流水聲。

延伸閱讀

《慾望街車》

二十世紀美國劇作家威廉斯作品，寫實主義名著。寄居妹妹家的孤獨憂鬱美女，與妹夫的複雜情感關係。

模範鄰長

今年的模範鄰長選拔公布了，老羅又落選。說「又」，乃因他自來就是那一排的鄰長，從未換過，但卻只選上過一次「模範」。

倒不是因為有什麼好處，純粹就是面子。老羅少說幹了二十年以上，從「小羅」開始的，擔任鄰長的第二年，就被選為模範鄰長，全村只推薦三人，到區公所開表揚大會，小羅甚至是當年獲獎者最年輕的，還特別在大會中被提出來，又領到區長、市長頒發的錦旗，棒透了！

後來，獲選三人裡再沒有小羅。他試著問過，答案是「村子大，鄰長多，大家輪流嘛。」

不是說「模範」嗎？什麼時候又必須「輪流」了呢？小羅憤憤不平。

然而他自我勉勵：「當鄰長，是服務，鄰居的需要還是放在第一位。」於是，從小羅、成了羅大哥、成了羅先生，終於磨成了老羅，大家心目中，確實是位急公好義的鄰長。

外圍院牆更換紅磚，老羅爭取優先施工。門前排水溝加蓋，老羅爭取優先施工。各戶准許後段加蓋二樓，老羅爭取優先施工。結果他發現，在每年的推薦書表上，每位鄰長幾乎都是用類似的理由，來強調自己「模範」，對照之下，老羅的「政績」顯得十分一般。

而且算來算去，全村不過三十多位鄰長，每次表揚三位，照輪，每十年也該輪到一次，怎麼自己二十年來只選上一次呢？

老羅覺得，要更加積極，凸顯自己的存在。他那上國中的兒子，參加學校鼓號樂隊，打小鼓，成天兩枝鼓棒子，見著什麼都敲「嘭噠噠噠、嘭噠噠噠、嘭噠噠嘭噠噠嘭！」讓他想到一個點子。趁著推行「節約能源」主題，他請老師帶著全鼓號樂隊，到村裡遊行，舉著紅布條走了一整趟。

延伸閱讀

《推銷員之死》

二十世紀美國劇作家米勒獲得普立茲獎作品。一名資深且出色的推銷員，他自認順利的工作、美滿的家庭，似乎正在崩解。

老羅反覆思索「模範」的定義，衡量著自己絕無僅有的特殊作為，比較著他人的普通，自認為毫無疑義，當然是模範了。

不但又沒獲得表揚，還輸給剛上任不到一年的吉太太，老羅為這事特別走了一趟里民大會，質問祕書，祕書答道：「獎應該頒給前任鄰長吉先生，但吉先生半年多前過世了，吉太太繼任，等於是代領她先生的獎。」啊？模範的標準又變了？變成快要過世嗎？祕書說：「這是必須考量的，各位鄰長大多都幹了一輩子，勞苦功高，有幾位年事已高，要考量讓他們先獲得表揚。」

「活見鬼了吧！」老羅抱怨道。想想自己今年五十出頭，身體倒也沒啥毛病，若非得以「快死了」為優先考量，恐怕還有得等哩。

宣布

「一個十八歲的女孩子，從五專幼保科插班大學法律系，只花了五個學期，畢業！而且考取律師執照！」老先生站在門口，宣布。

一般的鄰居早已見怪不怪。雖說眷村的生活空間緊縮，隔鄰的牆板很薄，院牆很矮，稍有風吹草動，必定傳得四鄰皆知。然而像這種出到門外，大聲宣揚家人的舉措，還是表現過頭了。又不是偶爾吵架，宣洩音量過大，卻是經常，像發表文告一般，宣揚他的女兒：「晚上都不睡覺的呀！」老先生聲音雖大，語氣中仍帶著七分的慈愛：「就是讀書、讀書。這個孩子，是又聰明、又孝順、又用功……」老先生的家門口，恰巧在寬闊巷道，是機車、腳踏車往來頻繁的路段。偶然還要經過幾輛汽車，運轉聲中，遮掩了兩句。

調皮搗蛋的孩子們，假裝不經意路過，在馬路對面來回逛，順著老先生的話語，學著相聲的捧哏，胡答腔。「我們家的教育很清楚。」「哦？」「一切自助……」「是。」「自立……」「啊。」「自強……」「說的都是眷村的名字。」「孩子的前途，都是她自己決定的。」「多不容易。」「我常常對她說：『爸爸不能養妳一輩子，一切要靠自己努力上進。』她非常聽話，我非常欣慰。」「您別挨罵了！」通常說完這句，頑童們一哄而散。

微雨的清晨，爸爸的聲調還有三分清新：「人生的一切，都是努力換來的。」

蟬鳴的午後，老父親的語句，帶著燠熱的無奈：「何苦呢？有時仔細想想，都是為了什麼呢？」昏漆的暮色中，偶爾還透著兩句微吟：「兒啊……在哪兒呀……」

鄰居們對這個「女兒」有不同的記憶。有人說：「早就嫁人了，丈夫不體面，很少回來。」有人說：「當大律師，事業忙，回不來。」還有人說：「上小學的時候就死了，過馬路在自己家前被摩托車輾過。」每次議論起，大家最後只需用方便、普及的法則理解：「這人瘋了。」但由於住在寬路邊，不常駐足門口聊天，大家也都沒把握，也就沒人保證誰一定說得對。

「妳第一次帶他回家來，我就表示過，沒有意見。」這是比較少說到的篇章，很少人聽過：「幸福掌握在妳自己手裡，這個人富貴、貧窮、健康、疾病，都是妳的命。自己要看清楚，爸爸幫不了妳，爸爸只能祝福妳。」隨即話鋒一轉：「妳也不能因此怪我呀？怪我沒意見？怪我不關心？」

究竟什麼是謊言？誰需要說謊？老先生算是說謊嗎？女兒好或不好、在或不在的謊話，嘉惠了誰？損傷了誰？謊言是掩飾了真相？還是呈現了真相？

老先生走了，門前再沒有朗讀宣言。隔天，路過的人看見，他家對面，一個穿著黑斗篷的陌生女子，在雨中站了許久。

延伸閱讀

《賣花女》

二十世紀英國劇作家蕭伯納作品，諾貝爾獎得主。一個語言教授將街頭賣花女塑造成名流淑女，並愛上她的故事。後改編成音樂劇及電影《窈窕淑女》。

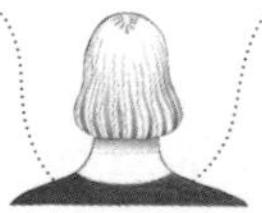

不關門

徐媽媽冰果室有重大革新！裝了一對玻璃門。一人半高的落地大門，往裡推、往外拉，隨意自如，使左手、換右手，任君自便。玻璃上用藍白顏料畫了結冰的線條，看上去加倍涼爽。

凌伯伯喜歡坐在店裡看小說。凌伯伯退休了，就愛看小說，尤其酷愛古典小說，逢人便說他是《拍案驚奇》作者凌濛初的後人，姓凌的少，凌濛初何許人？不知道的多，所以隨他說，大夥兒沒怎麼在意。

那人又來了，推門進來，繞一圈，傻笑，逛蕩兩步，又推門出去，顯然是為了吹一分鐘冷氣。秋老虎比盛夏還可厭，尤其是中秋節過後，還出現三十多度的高溫，真不知算個什麼意思？冰店的冷氣，免費讓路過的鄰

居吹一分鐘，老闆娘徐媽媽看得淡。

但這人有點煩！就在門外盤桓不去，隔個三分鐘，推門進來逛一圈，這裡看看、那裡摸摸，僵著一張笑臉。四十出頭的年紀，據說最近老媽也走了，眷管處下了通牒，限期遷出，這個賴在家裡的啃老男，面對掃地出門，神經不正常了。或許是依戀父母太深，住在左近的鄰居們說，雖然房裡只有他一人，但總還聽見他模擬父母叫喚、對話的聲響。他在冰店裡逛完一圈，出去時把門向裡拉開到底，故意就讓門敞著。

凌伯伯案頭一本薄薄的《郁離子》，一則一則耐人尋味的小故事，正適合慢讀、咀嚼。一會兒一股熱浪，可煩死了！起初，凌伯伯頂著讀書人的優雅，你開我關，只在推合玻璃門的時候，直眼盯著那笑臉男，提醒注意。

他是故意的！發現有人會專程來關門，而且顯然情緒受到干擾，笑臉男興奮起來，原本隔幾分鐘進來逛一圈，改為故意敞開門，放冷氣往外

延伸閱讀

《動物園的故事》

二十世紀美國劇作家阿爾比作品。一個平凡的假日，讀書人在中央公園被流浪漢騷擾，導致意外的凶殺案。

吹。徐媽媽罵了：「回家啦！冷氣要錢的！」凌伯伯闔上書冊，順勢重重拍了桌面，強力暗示「拍案」後將有「驚奇」，緩緩站起身來，像是隱逸山林的高手，即將發動前所未見的內功一般，來到敞開的玻璃門邊，直盯著在門外傻笑、扭屁股、神經兮兮的中年笑臉男。手扳門，使勁一甩！文明與野蠻的薄弱區隔，瞬間斷線。

萬沒想到，甩門的同時，笑臉男突然回身，迎向撲面而來的落地玻璃，正面看他的表情，居然也是故意的？「哐！啪啦！嘩啦啦啦啦！」凌伯伯使右手外推的那扇門，爆碎當場，聲響太大，門邊的凌伯伯、櫃台後的徐媽媽、馬路上一個停下腳踏車的先生，都呆愣在當場。

那人扎得滿身滿臉的碎玻璃，躺平在地上，臉上的血，也有汨汨流著的，也有嘩嘩噴著的，他依然嘻皮笑臉，說：「謝謝，就等這一下。」

狗日子

花攤上的狗衝著郭老爹尖聲狂吠，起因是顧著花攤的胖太太剛才罵人了。

郭老爹是個乾瘦的老頭兒，拄著拐棍，靜默站在花攤一角。郭媽媽一向走得快些，進到菜場隨意買辦，總在前頭，郭老爹隨著出門動動，保持在妻子的關照範圍內。但在走動中，兩人從無互動，因此，除了老鄰居，旁人無法一眼看出來他們有關聯。

市場裡人太多，老頭兒有點後悔跟來。太太早到了，正在看幾盆多肉植物，老爹緩步抵達，不敢自己往市場內走，就在花攤一角站住。胖太太一步到位，推開郭老爹：「不要碰到我的花！」老爹反應慢，說話也不利索。胖太太搶快續說：「有病就不要出門啦！真麻煩！」郭媽媽是本省人，用閩南家鄉話對胖太太緩緩地說：「好啦，嘜擱講啦。」牽起丈夫，調頭往市場外走。

這個花攤兒是有點古怪。綜合大家的說法，有母子二人，胖胖的中年太太，還有乾瘦瘦的一個少年。胖太太總體還算正常，有時會出其不意的罵兩句，原因不外乎「碰到花」、「講價錢」、「要求送一點肥料」，就會挨上一句：「外省人真小器！」這類無聊話。那兒子就屬於不正常的了，從不與人打招呼，問個價錢，他也就指指標籤，賣出東西，收人錢，連聲謝也不說。

最妙的是，他們家應有兩條狗，一條黃狗，瘦瘦小小，一條花狗，老肥肥。但是，胖太太顧攤時，必是小瘦黃狗立在攤旁，隨時準備吠人，兒子顧攤時，又必然是老肥花狗趴在一旁。從來沒有人同時看過母子，細心一點也已發現，從來沒有同時看到過兩條狗。

上坡的一個中學生曾經餵給瘦狗一根掉在地上的烤香腸，下一次在攤前遇到瘦少年時，居然受到「招手微笑」的待遇，搞得他莫名其妙，想不起這位同學是哪班的？太陽大了，下坡的奶奶送給胖太太一頂舊草帽遮陽，下一次在攤前，老肥狗居然撐起身子，緩擺著尾巴，來聞奶奶的腳。兩兄弟丟球玩，一個失手，哥哥沒接到，黃黃的網球蹦蹦蹦……彈跳彈跳，經過花攤，胖太太居然歡快地去追，咬著網球回來，但收歸已有，不還給小兄弟。

是的，這個世界，只有相對的詮釋。狗撒過尿的柱子，會被牠霸為地盤。

太太牽著，郭老爹還是走得慢。胖太太還在罵，果然，關鍵話語從狗嘴漏出來了：「這幫外省的！各省亂結婚啦，雜種啦！還跑到臺灣騙女孩子啦，害人家也生下雜種啦！我們才是土地主人啦！滾回去啦！你們這些外來的狗！」

大夥竊竊議論，如果這麼不喜歡眷村人，何苦非來村裡擺攤？世界大的很，哪不能去呢？確實，這個花攤，只短短擺過幾個月，不知道什麼時候就撤走了。

延伸閱讀

《國民公敵》

十九世紀末挪威劇作家易卜生作品。醫生為保護環境，力阻開發案，卻與眾人利益思維衝突而遭受排擠，反成國民公敵。建構出現代戲劇的中產階級悲劇英雄。

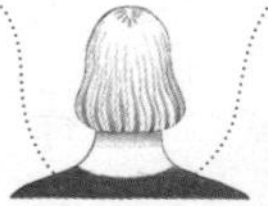

星媽

「好了好了，到臺北再說了，這長途電話呢！」邢媽媽掛下電話，嘴裡還不停：「你看你大舅！拿著電話講不完的，跟他說『見面再說』，他還非講，淨是那些驢年馬月的事兒。」

邢媽媽特別為了打幾通長途電話而申請了家用座機。一個月前，他們家邢健康收到通知，合乎資格，要上臺北參加《五燈獎》初選。邢健康會唱歌，公認是村子裡最會唱歌的男生，都高中畢業了，還能飆高音，都說是邢媽媽用了祕方，護住了嗓子，使得兒子沒在變聲時轉成老粗。

上次辦聯歡晚會，邢健康就唱了一首〈王昭君〉，這首歌詞多又難、音域廣，最根結的，原只適合女聲唱。但細皮嫩肉的邢健康，飆高音唱，也很精彩。就是有些人覺得，畢竟是男生，唱這首歌有點不對路。

邢媽媽舉著一套訂做的長外套從村子口走進來，嫩嫩的藍色、鑲著銀白邊，襯衫的胸口、袖口則是配了蕾絲，滾著黑邊，配著金蔥的寬領結。沒套套子，所以大家都看見了。從小店門口過，王老闆大聲吆喝：「星媽！這是妳兒子的秀服啊？」邢媽媽假裝生氣，回道：「邢媽媽就邢媽媽，什麼『星媽』？發音不標準！」

邢健康很少出門了，就算偶爾被看到，他也是戴著墨鏡、搗著口罩、頂著一頂漁夫帽，也不跟人打招呼了。有人嚇一跳，以為他生病了？瞭解情況的人說：「我聽他媽說了，說是將來面對錄影機會多，現場燈光太強、冷氣太強，所以從現在開始就得練習，嚴格保護眼睛和喉嚨，不可以受涼。」

「這種事情邢媽媽怎麼都懂？」狀況外的鄰居又問。知情者說：「這全村都知道的呀？邢媽媽年輕的時候在電台實習的！主持過廣播節目的！後來因為嫁給邢先生，懷了邢健康，才不得不退下來的。」

大日子來了。計程車停在邢家門口，大包小包地在裝車，左鄰右舍不免圍觀，竊竊私語。終於，一個被包裹得像蠶繭的「邢健康」從家裡走出來，鄰居們鼓掌，大呼「加油」，他還來不及揮手致意，就被邢媽媽推上車。

那個星期天，全村沒有人不看《五燈獎》，像是聯播一般，完全忽略另外兩家電視台。然而很奇怪？邢健康沒露面？是一個名叫「康健馨」的女生，以一首〈王昭君〉技壓全場，登上衛冕者寶座！

大家雖然沒明說，還是很在意地收看《五燈獎》，注意了兩三個月，都沒有看見邢健康。倒是「康健馨」，一路過關斬將，以她寬廣的音域，一路殺到五度一關了，再有三集，就是五度五關大決戰，善於推論狀況的人說：「要當心，有可能在最後一刻被意外刷掉。」

延伸閱讀

《海鷗》

俄國劇作家契訶夫於十九世紀末的創作。一名沒有混出名堂的女演員，與懷才不遇青年作家的夢想與愛情。一般被視為「寫實主義」代表作之一。

霜降

睡前絮語

旅途的盡頭，是什麼呢？

試想，信步而行的尋常歲月，在一個雲淡風輕的日子裡，隨性爬上一個山頭，眺望遠方的古城，夜幕低垂，城內的燈火星星點燃，該掌燈的院落，免不了串門的匆忙。城外人家，幾許炊煙繚繞，灶上做了飯、爐上溫了酒，等著家人從田裡收工回來。日暮，是團聚的暗示。

曾經，也是院落間匆促的腳步，也是有人盼著歸返的身影。

回想起路途中，每一座山嶺、每一個城鎮、每一處茶肆、每一間庵堂、每一處泓流、每一頂蔭涼、每一餐溫飽、每一次傷病、每一群朋友、每一張臉龐。每一寸觸動的瞬間、每一句閒話家常。

這時，獨行的人，感到些微惆悵，晚風襲來，衣襬飄飄，寬袖獵獵，涼意沁入胸膛，荒山野嶺，今夜何處棲息？比不了大城市的錦帳繡床，總強過雨打山坳的驚恐慌張。獨行，瀟灑，沒有晨昏的應對，沒有出入的招呼，沒有惱人的叮嚀，也沒有枕畔的絮語纏綿。

我是山林，照看獨行的人？抑或是期待被溫柔擁抱的旅人？

那沉穩帶著笑意的聲音來了，說：「是的，這就是了。最後一次的入眠。」

你的胸膛突然一緊，兩眼放光，林木山石，像是從內燃起似地，暈染透亮。耳內的聲音忽地縮減、乃至寂滅。腳軟，側身躺進了長草叢中，隨著緩坡滾入山壑，仰著臉，再也沒有力氣爬起來，連翻身的慾望都沒有了，這一刻，只想仰望。夜幕，訴說輕聲的語句。

居然從來沒有仔細看，星子在天河中碰撞、流動，看似凝結滯留，其實迅捷奔跳，在閃爍間位移。或者，生命週期過於短促的夏蟲，覺察不了冰的變異。我在仰望？抑或俯瞰？又或者，只是碰撞時擦出的一絲靜電？我是星群、河漢，是包容一切的宇宙。

想一想親人朋友，在世界上另一個角落會盼著你的人，他將永遠失去你的訊息，仍然在短促生命中的每一個急切日子裡，盼著你突然現身。

試設當年不曾遠行，也就不必離鄉背井。不顛沛江湖，不思念來處。不踏上白濤黑浪，尋不見朱門青樓。沒有出發，亦無方可回，無往無來、無去無歸。

眼皮闔起，聲音又重回耳際，蟲聲唧唧，一個促促的腳步聲趕到身旁，你聞到一股騷腥氣味。那是一隻狐狸，終於因為你的奉獻而得溫飽，因為吃了你，而能哺育巢穴裡的仔子。幽崖之狐，慎重、珍惜、崇敬，溫柔歡愉地舔著你的臉。

延伸閱讀

傳統京劇《大劈棺》

莊子詐死，變化成貴族公子，測試妻子貞潔。故事取材自《警世通言》卷二，「莊子休鼓盆成大道」，以及《莊子．至樂》。

探望

天就要亮了，楊光輝起身，說：「得走了。」

楊媽媽沒有說話。

深秋的庭院，泛著黎明前的深邃寶藍色，秋蟲唧唧，遠方野斑鳩的長鳴交替呼應。楊光輝整整野戰服，看來俐落挺拔，楊媽媽雖已知道答案，還是忍不住問道：「就穿這一件哪？變天了呢，加件衣服吧。」

楊光輝笑笑，說出那句老媽聽過了的話：「軍隊最重視的就是紀律、規定，不能按自己的冷熱加衣服，下禮拜換季，就有夾克了。」

楊媽媽總在這裡想著：「是呀，若是早一個禮拜換季，穿了夾克，不就厚一點兒，說不定……」「我們連長……」楊光輝打斷了老母的思緒，

說著：「超優秀的！下一批選派到維吉尼亞受訓的就有他，數學、化學都跟我有得拚。」楊光輝清大畢業，學核子工程，受徵召擔任兩年步兵排長，計畫退伍後前往麻省理工學院深造，典型前途無量的好青年。

「我們連長。」楊光輝是獨子，似乎在軍隊裡找到了兄弟，滔滔不絕：「對小兵直好的！全連一百人，第一天，他就可以叫出每個人的名字，看著每個人的眼睛，說出他家的鄉鎮。一個月下來，每個兵的個性、特質他都瞭如指掌。每個連長都這樣，反攻大陸就有希望了。」

晨曦渲染著院裡的草木，九重葛沁了一夜的露水，整叢的發亮。楊媽媽不是不關心軍隊生活，而是有更要緊的話要問：「做點什麼給你吃？」

「下次吧。」楊光輝道：「下次回來，我要吃白蘿蔔燉牛肉，要放很多胡椒、辣椒。」

他戴起小帽，單肩背起帆布公文包，拉開紗門，往前院走。陽光已斜斜穿射進來。微微有點風，把只有十幾度氣溫下的枝葉，顫顫拂動，顯得

延伸閱讀

京劇老戲《四郎探母》

楊四郎返回雁門關，探望母親，一夜間又趕回大遼的驚險故事。取材自民間說唱與通俗演義。

秋意濃重。楊光輝走出幾步，像是突然想起什麼，在院裡定住，一個標準軍事動作「向後轉」，立正，向老媽行了舉手禮。

楊媽媽沒有說話，隔著紗門，點了點頭，這麼多年過去，還是忍不住在這個時刻熱淚盈眶，她不想讓兒子看見了擔心。

那是演習意外，新兵手軟誤擲一顆手榴彈，掉在一整個排的隊伍裡。楊光輝排長反射動作，肉身撲了上去，四十個阿兵哥，都是十幾歲的年輕人，即時臥倒，都沒有受傷。連長受到此事牽連，拔掉了。

十五年來，總在事情發生的那個日子，楊光輝會回家來看看，老媽媽每年都盼著這一天，失去兒子很捨不得，但是曾經有過這樣的兒子，很光榮、很滿意。她想起了兒子今年的願望，換衣裳上菜場，買蘿蔔，燉牛肉。

現出原形

她正在把粗切過的胡蘿蔔條，一條一條地擠進果菜機的洞口，隨著塑膠杵條每壓一下，「滋」地一聲，橙紅的汁液便漏下一點兒。

老公看得有點木然，說道：「買這麼一個巨大的機器，就為了壓胡蘿蔔汁呀？」老婆快速反應：「是果菜汁，什麼水果蔬菜都能打。」

中秋節的加菜金，老公原本有盤算，一台連帶卡式錄音帶播放功能的收音機、一趟日月潭。果菜汁機一買，錢不夠了。

「金老師說。」老婆道：「身體能量的調整，食物是基礎，吃進好能量，可以還原細胞。我們的身體，會呼應食物的能量，找到生命的原點。」老公噗哧地笑出聲來，心想：「這個女人書也沒念過幾年，唐詩都背不完一首，卻能頭頭是道講出這一篇？」問道：「金老師是誰？」「心靈導師，買果菜汁機送的免費課程。」老婆手上不停，繼續把胡蘿蔔條插擠進機器裡，眼看玻璃杯接滿了胡蘿蔔汁，機器出水口不規則地噴濺，把杯子、流理台都噴得紅紅點點的。不善家務的老婆，買了新玩意兒，磨合期還要一陣子。

「你不是最喜歡吃胡蘿蔔嗎？」老婆嬌嗔道。

「但是我沒喝過胡蘿蔔汁。」老公回說。

「所以囉。」老婆用抹布把玻璃杯外緣完整擦拭了一遍。「我們家的第一杯，給我最愛的老公，乾杯！陽光的能量！」老婆爽脆地說道。

看著嬌妻，老公憶起了他們的初次相遇，那是在日月潭，遊覽船的回程，大部分的遊客在文武廟下船後都不回來，窄窄的甲板上剛好只有他們兩人。暴大的太陽，炫得人發暈，女孩兒打起她的紫花陽傘，輕輕靠在陌生男人的旁邊，一時間，男人不知所措，對這突來的豔遇不知該如何消受。大方的女孩兒只輕輕說了一句：「十年修得同船渡。」

老公接過胡蘿蔔汁，看著紅潤的滿杯，對老婆說了下句：「百年修得共枕眠。」心想：「收音機先不買就是了，日月潭想辦法要去一趟。」嘴接著杯口，一口、一口，緩和長飲，仰頭而盡。

只覺得自己抖了一下，眼睛忽地發亮、發亮，直到整個世界被柔光包覆，昏暈過去之前，看見老婆的眼睛、嘴巴、鼻孔，都撐圓成誇張的「Ｏ」。

老公變成了一隻小白兔。

老婆起初有一點不知所措，看著那對無助的紅眼珠、上下擠動的小兔唇，不禁憐惜地將他抱入懷中，說：「乖，老婆抱抱，冬天很暖，這樣的老公可以有一個。」

延伸閱讀

《白蛇傳》二十世紀劇作家田漢，以著名民間傳說再造的戲曲創作。白蛇精化做人形，與許仙相戀，卻遭法海和尚拆散。

城樓會審

本以為，村子北端護城河所環衛的城牆，是僅存的一段，鄰居戲稱為「萬里長城」。沒想到，繞到南端，子弟學校的倉庫背後，居然也有城牆！延伸到蔓草叢中，還隱蔽著一座城門。

「再說沒有！」黑臉漢子暴喝：「你再出一個『沒』字！我就讓你『沒』！試試！」轉頭跑回牆根兒，書生座前，緩聲恭敬地報告：「爺！您別說話！讓我揍他！」那黑臉，也是矮個兒，圓眼珠子急轉得就快掉出來了。

地上跪著一個禿頭男人，五十來歲，一臉愁苦，毫無尊嚴地哀求道：「我知道錯了，饒了我罷。」「饒你？」黑矮個兒聲音又翻高了：「你欺我們城隍老爺心慈，好像要饒你，老范可不願意！老謝，你說，誣賴女子貞潔，可不可饒？」

那老謝個子奇高！一張驢長的面皮，眉角、眼角、嘴角皆向兩端下掛，活脫一幅債主面孔，兼之欠缺血色，望之生懼。這時也若有似無地「嗯」了一聲。大概那范、謝二人交情之深，能在哼哈之間互通心意。那書生穿著一襲長衫，翻閱一本紅皮簿子，仍不說話。

城門洞裡，站著富衡光，為了身體復健，晦明前快步走，已成了習慣，入秋後日出推遲，加之天陰，看見高矮黑白兩個奇形人，架著一個禿子，沿著城牆快步疾行。他當是盜賊作祟，尾隨於後，想要做個人證，沒想撞見城隍微服審案。

老范忽然說：「雪珊，站起來說話。」一個纖細的少婦原本也跪著，居然被那禿子身形遮蔽了。老范又厲聲道：「說！怎麼誣賴人家的？」那禿子囁囁嚅嚅：「我沒……」那個「沒」字一出口，老范果然如先前承諾，上去就是一腳！

老范邊說邊跳：「我幫你說！也不想想我們是幹啥的？鬼使神差！陽世人的作為看得一清二楚。人家老夫少妻，你看了眼熱，跟人丈夫咬耳朵，誣陷婦人紅杏出牆，丈夫妒心大起，嚴厲逼問，逼得人上吊了！你呀你呀！今天城隍爺是微服出巡，衙門裡的算盤太大不好帶，等我拘你回去，拿算盤珠子夾扁你！」老謝垂垮著臉，又是「嗯」地一聲。

前不多久，富衡光才出院，都說大病初癒的人，能遊走陰陽，不想今日撞見這樁奇事。富衡光認得，那女子，是隔壁巷子的雪珊，鄰居們傳了好一陣子她的事，都說是紅杏出牆，被丈夫逼得上吊了。這才知道，原來是老禿子造謠。

城隍爺闔起了紅簿子，看了老范一眼，緩緩搖搖頭，始終未出一聲。老謝倒是不同之前，「唉」了好長一聲，尖尖啞啞，很是難聽。那老范又一次暴跳：「天快亮了，先審到這裡。查你陽壽還有幾年，暫且留下。但從今日起永無寧日，我老范當夜夜來拘！叫你食不下嚥、夜無安寢，直到那日！」

延伸閱讀

京劇老戲《玉堂春》

名妓蘇三與官家子弟相愛，引發驚險陷害、生死交關的傳奇故事。原故事出於《警世通言》卷二十四，〈玉堂春落難逢夫〉。

紅糖糯米糕

奶奶個子小，坐在藤編太師椅上，兩腳搆不著地，於是，交叉著一對金蓮，擺呀擺的。兩手拍著糰子，拍呀拍的，拍成圓餅，下油鍋。

一道道鋒面接連著南下，連續好幾個雨天，終於得了一個空檔。「八街市場」的店面、攤子全開了，鄰居們大集合，不買東西的也來聊天。

油鍋，開敞見天，禁不得一點毛毛雨。奶奶側向左邊，揪起糯米糰，捏成陷窩，填上一勺紅糖，捏合口，合掌一擠，略略扁了，兩手互拍，拍圓，再側向右邊，送下鍋油炸。

大家都叫她「奶奶」，其實仔細觀察一下，她穿著藍布斜襟褂子，外襟、袖口、褲腳，都講究地環飾著深色寬邊。細細梳整的髮髻，團團簪在

後腦，額子上點一顆小小珍珠，標示著她可能有的來頭。最惹眼的，是那一對前朝整治的三寸金蓮。市場裡賣的粽子，都不敢裹這麼小！看上去已過了九十歲的年紀，倒算回去……媽呀！是咸、同年間生人呀？

也就是說，抗戰期間出生的人，還能叫她「奶奶」，「臺生」一輩，都得叫「祖奶奶」。然而祖或不祖，不是重點，沒人見過她的家人，也沒人說得上她的姓氏，凡看見的時候，老太太就在那兒油炸糯米糕，彷彿沒動過，先天長在那兒似的。

油炸糕多少錢一個？大家也莫衷一是，老太太沒標價、也從沒說過數，和麵的案板子上放著一小藍白搪瓷盆兒，三毛？五毛？一塊？隨便。

那天，經過一個中年太太，走過去了又走回來，問道：「奶奶！怎麼賣？」奶奶沒見過這個女人，直接拿了兩個包在紙袋裡的，遞了上去。那位太太似是老到，從懷裡摸出一個繡囊，掏零錢。

奶奶突然大聲說話，誰也沒料到，她居然一口純正的京片子：「妳姓薛？」「我太姥姥。」女人回答：「我媽的奶奶，姓薛，您怎麼知道？」

奶奶從大襟側邊摸出一個繡囊，秋香緞面，銀線繡的枝椏，金線繡的喜鵲。說道：「我們是一條船過來的，我丈夫沒了，她在船上幫過我，給了我這個繡囊，我才能過日子。」女人問：「您是說，繡囊原來是一對？」奶奶說：「妳自己看看，這兩個喜鵲，是不是一對兒？」

女人沉吟一會兒，道：「太姥姥在我小時候就走了，二十多年了。」奶奶緩緩道：「我就想讓她知道，我很好。多等了二十年，原來她已經……」

人忽然多了起來，買好菜的、揪夥聊天的、打打鬧鬧的，隔開了奶奶與那女人。女人端著一對繡囊，看著對稱的喜鵲，不知該怎麼感應？

待等人群過去，再一抬頭……老太太呢？空等二十年，有了答案，就夠了。

延伸閱讀

《鎖麟囊》

作者翁偶虹，是二十世紀傑出的戲曲創作。兩位新娘同一天出嫁，在春秋亭避雨，貧富相遇，發展出一段饒富義氣的傳奇。

火雞擋路

女娃兒叫可欣，上四年級了，被火雞攔在巷口，回不了家。

村子裡有各種動物，貓、狗常見，而且多是自由行動。籠中鳥掛在簷下，算是情趣。會養鴿子的，鴿舍便像加蓋二樓一般，宏偉成廈。養羊的不多，總在村子邊陲。牛馬食量太大，恐怕養不起，偶有運磚瓦沙土的車輛，是牛馬拉來，村人不難見到。

雞鴨也有人養，三隻五隻的，圈在自家院子裡。最近不知道從哪家開始的？養火雞，一群總有八隻十隻，小時倒還好，唧唧啾啾的，人來了左閃右閃。羽翼一豐可就不得了，站哪兒堵哪兒，人要過，火雞們一同撐大翅尾，大呼「咕嚕咕嚕咕嚕！」

尤其是大雄雞，臉上長著鮮紅色大肉瘤，像熱化了蠟似地，流掛下來，垂在尖喙旁，「咕嚕咕嚕咕嚕！」一叫，像是恐怖片的殭屍惡鬼，膿血噴飛。

可欣意識到自己不是小小孩了，不可以凡事尖叫哭鬧，叫喚大人來解決，應該自己想點辦法，她決定繞路，兜一圈，從巷子另一頭回家。深秋本應微涼，但今年反常，一方面雨水不多，再者，不時吹發的東風，搞得萬物浮躁，可說有點兒雞犬不寧。

卻又不知是哪家的大灰鵝？飛越牆頭，據守在巷子另一頭。可欣真是急死了！但凡活物長羽的、發毛的，她一概都怕，家裡一缸金魚，是她唯一能接受的「寵物」。躲了那頭的火雞，又遭遇這頭的灰鵝，那鵝微張雙翅，大嗨一聲！腳下並無動靜。可欣靠在牆角，動也不敢動。

倒是火雞群，是本應巡哨到這頭？還是發現了「敵軍」，特意來犯？十來隻緊靠一團，活似一隊黑衣甲士，列陣、呼嘯、向前！

延伸閱讀

京劇《霸王別姬》齊如山根據舊本《楚漢爭》改編，一九二二年，楊小樓、梅蘭芳首演。西楚霸王項羽英雄末路的故事，出自《史記．項羽本紀》，也有明傳奇《千金記》。

十一月了，牆角、土堆能有的幾撮雜草，都轉成了黃褐色。偏偏這兩天秋老虎，刮著奇幻飽滿的東風，熱悶悶的。大灰鵝廣張雙翅，低頭向前，直著長脖子，左指右指，不時發出「嗨！嗨！」的吼聲。像是個落單的披掛大將，劍戟揮舞、紫氣白光，兀自威嚇。

火雞先發！兩隻雄雞忽然朝前，「咕嚕咕嚕咕嚕！」撐綳開渾身羽翮，渾像兩名黑鎖甲前鋒，臉上肉瘤，一如槍纓飛滾，直指大灰鵝！可沒料到，灰鵝振翅而起，騰空飛撲而下，把兩個火雞，不知是踹的還是嚇的，咚咚！滾進了乾溝裡。火雞陣勢一亂，整群快跑折返，尋向巷道那頭，鑽回自家去了。

大灰鵝振翅七八下，大嗨三聲，也斂翅緩步踱開。

可欣動也沒動，站在當場，卻也早忘了怕，都被逗笑了。

小店

王老闆從玻璃罐裡掏出一顆西瓜糖，填到自己嘴裡。

幾道東北季風南下，已經將時序推到深秋。開店，必須車開窗戶、敞開門，硬往裡灌的東北風，可不好受。

所謂「西瓜糖」，並沒有西瓜，而是正圓的糖球，綴著白色的經線，看似小玉西瓜皮的花樣，染成綠色的尤其像。王老闆嘬了兩口，把糖又呸了出來。

自從上坡的小店開張，裝設了透明拉門的冰箱，情況就完全不一樣了。一樣的榮冠果樂、一樣的華年達，客人怎麼就願意自己看、自己拿？王老闆的冰箱裡冰的一樣的飲料，你說、你問，只要有，專門送上！幹嘛非要自己拿呢？瘾頭在哪兒呢？王老闆百思不解。

當初，他就對「自己伸手拿」的客人不以為然。買蛋的太太，自己從罐裡拿一顆酸梅，打油的老頭兒，自己從罐裡拿一片桃酥，買郵票的瘦小伙子，自己從罐裡拿一塊山楂片。

「兩毛錢。」王老闆正色道。「下回一起算吧。」客人總是這麼說，但從來沒見過誰吃到五次時，主動付過一塊錢。

王老闆瞧著那十二個鋁蓋子，有的畫著細細眼，有的畫著粗眉毛，有的畫著豬鼻子。都是王老闆用毛筆畫的，那些偏好某個罐裡零嘴的客人相貌特徵，被畫在罐蓋上，以茲紀錄。

一道東北風席捲而過，幾個鬆動的鋁蓋子，被吹得在玻璃罐口磕磕作響，彷彿還在頂嘴抵賴。有意思的是，那些敢自己動手拿的鄰居，反而也就是可以跟老闆鬥嘴打趣的人。「死小鬼，已經記帳十五塊了，再不付錢，我要跟你爸爸說啦！」「王伯！我爸出敵後任務，死在那邊啦。我奶奶眼都哭瞎了，好可憐，您別告訴她。」後來，這個年輕人經常騎腳踏車，幫王老闆去批發行搬貨，想必能抵了那十五塊。至於隨之多喝的沙士，這筆新帳又算不清了。

這些過甜、加了過度香料、色素、防腐劑的零嘴，也有發霉、朽敗的一天，王老闆總是在同一個罐裡，換裝同樣的零嘴，數十年一致，不多不少，就是那十二種。一毛錢的鋁幣廢掉了，五毛錢的銅幣少人用了，這些定價兩毛錢的零嘴，實在也找不到一次出一塊錢買五個的客人。現如今，只在寒風席捲時，鋁蓋上的面容，隨著抖抖嬉笑。

誰知一個小店，也就應了那句「春風桃李花開日，秋雨梧桐葉落時」，殊堪回憶，不堪回首。

王老闆也只好舉起撣子，把十二個罐子撣上一遍。

延伸閱讀

《茶館》

中國大文豪老舍作品。從京城內的一家茶肆，進出的各階層人物言行，看時代的興衰。是二十世紀中文話劇的典範。

小雪

六口人

皮先生愛聽相聲，從廣播裡聽兩個人說相聲，把關鍵台詞背下來，一個人說兩個人的詞兒，反反覆覆像跳針：「你們家有幾口人？」「六口人。」「這頭一口是你的……」「爸爸。」「哎！」

這個段子名為〈六口人〉，包袱兒很無聊，就是騙人喊「爸爸」，順口答應，占人便宜。皮先生老把這兩句台詞反覆掛在嘴邊，他自詡最理解這個段子，理由很簡單，他們家，就是六口人，他本人，就是爸爸。

嚴格說來，他家是「六口子」，並非六口「人」。皮先生和皮太太沒有兒女，養著一隻白狗，一隻黃貓，一隻白鸚哥兒，一條黑金魚，確實六張吃飯的口。他對著白狗說〈六口人〉：「你們家有幾口人？」「六口人。」「這頭一口是你的……」「爸爸。」「哎！」白狗翻了肚子，要爸爸幫忙抓抓。

又對黃貓試說：「爸爸。」「哎！」黃貓往旁邊看了一眼，飄走了。於是，他在鸚哥兒身上狠下功夫：「爸爸，爸爸，爸爸，爸爸，爸……」彷彿這麼強灌，鸚哥兒就能學會。然而這個荒唐的畫面，在外人看來，倒像是皮先生在管鸚哥兒叫「爸爸」。沒多久，鸚哥兒死了，有人說是被嚇死的，也有人說是被煩死的。

皮先生隔著魚缸瞧瞧金魚，打消了念頭。偏偏老婆也不配合，叫習慣了「老皮」，不願意改口。所以，皮先生還有一項頂級無聊，就是別人家孩子叫「爸爸」的時候，他搶著答應：「哎！」

養成了壞習慣，聽到有人喊「爸」，他就反射動作答應。卓大爺比皮先生年齡大得多，他爸爸九十多了，皮先生也亂插嘴，差點挨揍。

鄰家孩子們抓著了這個話頭，開始作弄皮先生。張家孩子在院裡喊：

延伸閱讀

《尋找劇作家的六個劇中人》義大利劇作家皮蘭德婁獲得諾貝爾文學獎的關鍵作品。是「劇中劇」結構、與劇場藝術「後設」美學的代表作。

「爸爸！」皮先生搶答：「哎！」孩子居然接著喊：「你放屁好臭噢！」接著，幾家孩子像是商量好似的，分別在各家院裡，張家喊：「爸爸！」皮先生答：「哎！」李家孩子接喊：「吃飯囉！」王家孩子問：「吃什麼？」李家孩子接回去：「吃大便！」

自討沒趣，皮先生不再插孩子們的嘴。他研究出來，並非什麼鸚哥都能訓練說話，像他們家之前的那隻，永遠學不會。聰明的金剛鸚鵡太貴，價格最實惠的，是八哥兒，弄來一隻羽翼剛成的小八哥兒，開始訓練。

教材，就是工工整整的〈六口人〉：「你們家有幾口人？」「六口人。」「這頭一口是你的……」「爸爸。」「哎！」

是這隻八哥兒太蠢？還是太聰明？牠就是學不會叫「爸爸」，但卻總在皮先生叫牠「爸爸」的時候，準確回答：「哎！」

聽說八哥兒很長壽。

蕎麥花

「妳有一次機會，再次回到生命中的任何一天。」那個沉穩聲音說道。

「我選？任何一天？」小艾遲疑著。「是的，任何一天。」聲音說。

「那一天，沒有這麼冷。」小艾回憶著：「蕎麥花開了，後山、野外的蕎麥花大盛開！像下雪一樣……」

一早醒來，媽媽已經在灶下做好了麵，是小艾最喜歡的蕎麥臊子麵，家傳口味，整粒的毛豆、切碎的香干、羊肉末兒，碼在梧桐落葉色的麵條兒上，拌上酸溜溜的陳醋，一小瓢油潑辣子。陝北娃兒天天吃個稀鬆平常，一旦離家遠行，吃不著了，就成了魂縈夢繫的牽絆。

小艾把個臊子麵吃得吸溜吸溜的。爸爸問道：「都整理好了？該出發

了。」爸爸是中學校長，奉令，帶著全校學生到南方「實習」。其實內戰已經爆發，紅藍兩軍各自發揮影響力，以中學生當作補充兵源。爸爸知道這一去，無法預知回返日期，有意帶著妻女同行。

「我還是不去了。」媽媽說：「我這身子，早晚拖累你，還是在家待著，等你們回來。」

小艾的年齡還不夠，爸爸校長得用點「辦法」，讓她插班。小艾心裡想的則是「南方？該是多麼暖和的地方？有多美的花草？多美的湖光山色？」急急吃完臊子麵，把碗一推，說道：「得！走！」天生的老陝兒乾脆個性。

媽媽說：「頭髮亂了，來，媽再給妳重梳一次，紮個雙麻花。」「不要啦！」小艾把書包都背好了，說：「亂就亂了，亂了舒服。」爸爸說：「車就來了，該趕車，誤不得大隊行程。」

十二歲，哪能料到人生從此不同？哪能想像親人永遠離別？就算有人把實話預言，也不信哪！有人當面對著十二歲的人說「人生還剩十二歲」，還是不信哪！小艾遺傳了媽媽的孱弱體質，蕎麥一般，耐不到霜降，就要凋零。新婚的丈夫，喜酒宿醉未醒，燦笑的嘴角還拉不下來，就要送走蓋頭來不及撤下的新娘。

混沌中，一個沉穩的聲音提醒她，可以回顧一生中任何一天。小艾覺得，再沒有哪一天，及得上十二歲生日、離家、最後一次見到親娘、吃上一碗娘煮的臊子麵、錯過最後一次梳頭，最美的那一天。

混沌中，小艾並沒有回到陝北老家，而是仍然在影劇六村。月色下，鄰居們家家戶戶的門都敞開著，每一家的院裡、盆栽、牆頭都開滿著白色蕎麥花，極盡綻放，似是再也找不著適切的表達方式，述說專屬的青春。

正是那一句「月明蕎麥花如雪」。十二歲生日，果然是最美的一天。

延伸閱讀

《小鎮》

二十世紀美國劇作家懷爾德獲得普立茲獎的作品。故事描述一名平凡女孩的成長與戀愛。這個作品是美國中學生普遍讀過、演過的名著。

知道

從市區開回總站的公共汽車上，女孩兒總是坐在最尾端。大興注意很久了，她總在影劇六村外的那站，從後門下車，應是村裡人。但無奈，大興必須把車開回三站外的總站交接，急急騎著腳踏車趕回村子，也趕不上人家已經返進家門，尋覓不著芳跡殘影。

大興跑過幾年船，老爸走了，老媽年紀大，他下船回家，找了這份開車的工作。小時候一塊兒混的兄弟，有人開竅進軍校，有人開心北上加入堂口，也有人被開洞，做了孤魂野鬼的。大興，算是下場極好的了，但誰讓自己愛玩？好話也說不出兩句，快三十了，還交不上女朋友。

總是在擁擠人群下車散去，大興才能從後照鏡望見她，恬靜地坐在最尾端，遠看，像是穿著中學制服。「哪個學校的？」大興心想：「她的神情，同齡人少見，只出現在三十八年的老照片上，真想就這麼，用後照鏡的一方玻璃，將她存著。」能從後照鏡看她的時候，車上沒別的乘客，也就沒剩下幾站，大興的思緒總撐不了多久，也得防備掩飾，別讓她知道了。仔細想想，從不知道她是哪站上來的？

這一天，女孩兒居然在多人下車的當口，移動座位，到了前段來。大興明明知道，卻急了，因為太近，從後照鏡反而看不見她，得回頭。但，開著車怎麼能回頭？回頭，她不就知道了？

是回應每日的攬鏡顧盼？大興盤算著，該怎麼辦？如果有機會，該說什麼？大興可不敢說話！混兄弟、跑船、開車，就是沒養出和女生說話的膽子。他心想：「這回走到前頭來，糟了糟了，她知道了！」

到了村外的車站，並無人拉鈴，大興主動、慣性地停車，開門，卻未見有人下車？基於執掌，他必須回頭看上一看。

沒人。怎麼會？

大興可等不及，他停穩車、熄火，走到車廂後端來檢視。一個標準信封，擱在最後、最角落的座位上，沒封、沒抬頭、沒落款，內裡裝著小張硬紙片。這樣的乘客遺失物，原不該窺看，那是一張手工自製的書籤，極度簡單，切剪齊整成長條形的象牙白卡片紙，用鋼筆寫著一首白居易的詩，〈下邽莊南桃花〉：

村南無限桃花發，
唯我多情獨自來。
日暮風吹紅滿地，
無人解惜為誰開。

白詩易解，即使是不好好讀書的大興，也能自然看懂整首。花兒終將凋謝，註解了她綻放時的美麗。不再見她下車的女孩兒，之前是怎麼上車的呢？

多少年了，大興騎車回村子，還是慣性多繞一圈。

延伸閱讀

《夢幻劇》

瑞典劇作家史特林堡於二十世紀初創作。天神因陀羅的女兒下凡體驗人間百態。形式、風格鮮奇獨特，被後世稱為「開表現主義戲劇之先河」。

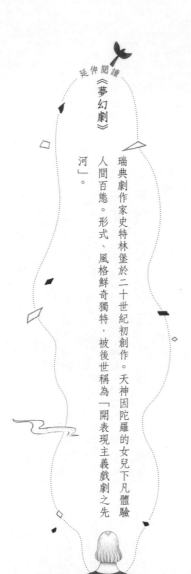

兩個人

內屋裡，收音機開得很大聲，是「軍中之聲」正在播出的平劇，顧正秋唱《鎖麟囊》：「春秋亭外風雨暴，何處悲聲破寂寥……」

穿著制服的軍人不得不拉高了音量：「家裡就你們兩個人嗎？」水太太不知是不是裝的，皺眉「啊？」了一聲，但隨即說：「對呀，就我們夫妻倆。」穿白襯衫的文職人員，捧著資料，退在門口，閉眼低頭，彷彿在表達對平劇咿咿呀呀的聲調極其感冒。

「我還是得當面見一下妳先生。」軍人喊。水太太說：「他病了，躺在床上，不方便。」軍人說：「按總部規定，戶口調查，必須見一見本人。我方便進去看一眼就行？」水太太就差沒拉平了兩臂攔人：「不行不行！

等一分鐘，我得先問他！」返身快速鑽進內屋。

黃衣軍人轉頭看看門口的同事，白衫雇員搖搖頭，他們早在訪視別戶時聽說了水家的情況：夫妻，先生可能有六十歲，太太應該不到五十歲。水先生沉靜、冷漠，不跟鄰居打招呼。水太太溫順、熱心，對鄰居們非常親切。但很奇怪，他們從不邀請任何人進家門，仔細一想，他們夫妻總是分別出現，居然沒有人同時看見過兩個人。

廣播平劇唱到「莫不是夫郎醜難偕女貌」一句，戛然而止。聽到微微對話聲，不外乎是「真麻煩。」「看一眼就打發走。」「幹什麼非搞這一套？」「沒關係沒關係，人家也是當差嘛。」接著，聽到開抽屜、關抽屜，翻弄衣物，似是水太太幫著先生更衣。

內屋裡廣播又響了，聽到台呼：「軍中之聲，軍中廣播電台。」隨即播放歌曲：「你問我愛你有多深，我愛你有幾分……」白衫雇員警醒地一抬頭，彷彿想到了什麼？眼睛直盯著屋內。

只見水先生緩步從內屋走出，面對二人，一臉不耐煩，不發一語。燈光打得太亮，會像在純粹黑暗中一樣，什麼都看不見。一對黃衣白衫的差人，對望一眼，知趣地告辭退去。廣播正唱到「你去想一想，你去看一看，月亮代表我的心。」二人來到院外，順手闔上大門，背後只聽得廣播又報了一次台呼：「軍中之聲，軍中廣播電台。」隨即又聽唱平劇，從剛才斷掉處緊接往下：「莫不是強婚配鴉占鸞巢，叫梅香……」

白衫雇員又是一皺眉，電光般的眼神從門縫鑽回屋內，並沒看見誰。但因為他太討厭平劇，對戲詞更是一竅不通，因此也聽不出來這裡有什麼不對勁。

延伸閱讀

《四川好女人》

二十世紀中期，德國劇作家布雷希特作品，「史詩劇場」代表作。沈德是公認最好的人，但為了保持自己的好，不得不演出另一個完全對立的身分。

等待老蔣

靠近「萬里長城」和東側大圍牆的交界處，有一個大防空洞。這只能算是第二大的，影劇六村最大的防空洞，就是「黑森林」，整個樹林子的下方是個防空洞，幾乎，下坡一百戶的人全能擠進去。

老姜帶著小薑的每日散步路線，必然走過「萬里長城」，也就必然在繞著防空洞拐彎兒。「小薑」是隻混血巴哥，淡黃色，主人姓「姜」，狗長個「薑」色，也是有緣。

老姜今天第一次發現，原來防空洞裡真有人？每天，小薑經過這兒，腳步都會不自主地放慢，對著防空洞「嗚嗚」低吼，但又不敢靠近，蹭著主人腿，急急拐過那個彎兒。到下一個拐角，才敢湊上牆角，尿。老姜今

日特別煽動小薑，說：「有本事到洞口尿一次？」小薑遲疑推諉，「該該」地吠了兩聲，又彷彿想要證明，自己沒有不敢到洞口尿，大步迎上去，瞬間閃身折返，「吱吱」地尿了一路。

從洞裡走出兩個人，穿著破敗的卡其裝，一個瘦長臉，一個闊下巴。

老姜是被小薑嚇了一跳，緊接著看到這兩個尷尬人士，講話也不自在了：「你們為什麼在這兒？」進而一想：「關我屁事？問他幹嘛？」

瘦長的那個居然回答：「我們在等老蔣。」「等誰？」老姜其實聽見了這個絕對荒謬的說辭。瘦長的續說：「老蔣，他答應要帶我們打回去。」闊下巴的那個說：「我只有一個願望，就是回家。」

這年頭什麼人都有，這兩個也是時代產物，不算太離奇。老姜打趣道：「這我倒是敢肯定，老蔣，今天是不會來了。」沒想瘦長的居然追問：「他明天會來嗎？」老姜說：「那我可不知道。」心裡再罵了自己「多餘」。

六點不到，天全黑了，初冬時節的空氣好硬，老姜只披著外套，忙呼哨小薑：「回家了。」小薑銜著防空洞，「呼！」了最後一聲，表示「暫時放過你們。」

走了幾步，迎面來了一位太太，老姜面熟，識得是這條巷子，經常點頭的鄰居。「您剛才跟誰說話？」鄰居太太問。老姜答道：「防空洞裡的兩個人。」鄰居疑惑：「防空洞？上個禮拜我們這條街大掃除，剛剛清理過，裡面的雜草枯枝、亂七八糟的一把火燒了。您下回經過，還是快走兩步，遇到面生的人別理會。」

「妳確定不是有人在洞裡生火？」在老姜看來，那兩人頗有「林間暖酒燒紅葉，石上題詩掃綠苔」的境界準備，但想必不敢便生火，這麼搞，等不到老蔣，白頭翁就來了。

延伸閱讀

《等待果陀》二十世紀法國作家貝克特，因此作品獲得諾貝爾文學獎。兩位流浪漢在等待果陀到來前的一連串對話。後世尊為荒謬主義代表作。

附身

郭班長嘴歪眼斜，舌頭外伸，像條狗一樣，跌跌撞撞地，一腳沒踏穩，向前仆倒，靠得近些的人，都說聞到熏鼻的煤油味。郭班長左右翻滾，鼻子、嘴巴同時呼氣，穢物吐了滿臉、滿身，發出嗚嗚低鳴。

眾人驚呼：「是毛澤東！毛澤東附身了！」

「毛澤東」在眷村生活中，是一個常用代名詞，舉凡可厭的、猥瑣的、噁心的人事物，當人們不知道怎麼正確描述的時候，會呼之為「毛澤東」。例如小男生故意裸露生殖器的時候，大人會驚呼：「快把小毛澤東收起來，否則剪掉！」

然而也不見得都用在負面意義上，那隻乖巧的短毛黑狗，就被大家叫做「毛澤東」。「毛澤東」顯然不是誰家的狗，老趴在管理站門口，牠老收著耳朵，略低著頭，下掛的尾巴見人就快速擺甩著，陪著笑臉，一對明亮的大眼襯在閃亮的黑毛髮中，顯得楚楚可人。

管理站給各戶發了耗子藥，集體投放，積極滅鼠。上午還歡蹦亂跳的「毛澤東」，怎麼突然不理人了？中飯也不吃？新來的幹事郭班長很機警，立刻取出備用的煤油，就往「毛澤東」嘴裡灌！「毛澤東」左右翻滾，鼻子、嘴巴同時呼氣，穢物吐了滿臉、滿身，發出嗚嗚低鳴。幸虧催吐得早，毒性還沒有完全發作。

雨接連著下，一天比一天冷了。管理站的裡門、外門、窗戶，都關得嚴嚴實實，燈還亮著。外拉門拉開，祕書小姐差點踩到趴在門口的「毛澤東」，牠照例熱情打招呼，祕書小姐這才注意到牠鼓起的大肚子：「毛澤東！你個壞蛋！肚子被搞大啦？」

嗯，忘了說，「毛澤東」是條母狗，另外還有條半長毛的淺黃色大

延伸閱讀

《戀馬狂》

英國當代劇作家謝弗作品，一個癲狂少年的心靈飛馳事件。馮翊綱青年時期的特殊演出經驗，就是本劇的「馬神」。謝弗的另一傳世名著，是《阿瑪迪斯》。

公狗，行蹤不定，在幾個村子間穿梭，渾號「江青」。有人看見，三個月前，牠在管理站後面荒地上幹了「毛澤東」。是呀，「毛澤東」的肚子，是「江青」搞大的，這還能有錯嗎？

祕書小姐憐惜孕婦，不忍牠淋雨，把「毛澤東」請進了室內，還往裡喊了一聲：「郭班長，我把狗放進來啦。」

那天之後，寒流就來了，一連冷到了年底。也是那天之後，再也沒人看見過「毛澤東」。

大家推敲：「不會吧，狗吃錯藥是他救活的，不忍心吃吧？」「郭班長什麼來歷，都不熟，說不準呀！」「從金門退伍回來的，在那邊吃狗配高粱，習慣改不了。」「不為了吃大狗，狗胎才補呀！」

但一提起「附身」事件，大家似乎得到了答案，就都不說了。

炸蛋

「絕對不可以抽菸的噢！」烏龜語氣嚴峻：「隨便一個火星就完了。」阿了之所以被大家叫做「阿了」，就是這句口頭禪：「了啦！去撒你的尿啦！」

烏龜按照老爸的規定，準備去念陸軍士校，卻在即將入學前答應「露一手」。別看他那副呆樣，卻得了烏鴉大哥的真傳，是土製炸彈的高手。烏龜自創，用柯達軟片的塑膠圓筒當殼兒，裝填藥料，一手盈握，輕便好攜帶，投擲好控制。

試彈那天就一舉成名了！一狗票人離開眷村，免得爆炸引來軍方查問，遠遠跑到溪床上，眾目睽睽下，烏龜板著臉，對準了溪水迴流處的一塊巨石，強力一甩！轟！「哇肏！好響！」烏鴉大哥這麼說。烏龜面不改色，沉穩沒有表示，然而在大夥兒心中，一位新的「龜頭兒」誕生了。

名聲傳得很快，以致於大家廣收膠卷空殼兒，一股腦兒的三百多個，全到烏龜手上來了。百里之外的村子，派人傳口信來，要「驗貨」，如果合適，就要「訂貨」。大家又約在同一個溪床，烏龜把黑蓋兒的灰色小圓筒一甩！轟！「哇肏！好響！」外村的大哥也這麼說。當場下訂要六顆，不付錢，用換的，六換六，六把正規昭和軍刀。

附加條件令得烏龜沉吟了一下。外村有個叫「阿了」的，要順便學會怎麼做這款炸彈。本來，兄弟嘛，雖不是同一個村子，也該同氣連枝。但這個阿了，烏龜看他不順眼，一直抽菸！不停地抽！一根兒接一根兒！一路上，烏龜都避著他，怕火氣意外引燃。到了河床，烏龜忍不住了，要求熄滅一切火種，否則不示範，阿了唸了一句：「了啦。」才停了一根兒。

還好，材料沒有放在家裡。烏龜發現，很快就有軍方的人，在他家門口晃來晃去，說是說來送軍校入學通知，順便身家調查，但烏龜很清楚，這種「綠衣監使」出現，消息恐怕是走漏了。

趁著風聲還不緊，約了阿了趕緊動工，到子弟學校的邊角儲藏室裡，點一盞小燈泡。小時候都怕黑，長大到十五六，卻陷入恐懼光明。

烏龜就想小便，再三叮嚀「不可以抽菸」，然而，阿了嘴上說「了」，其實就等著烏龜離開，好偷抽一口菸。烏龜對著草叢掏出雞巴，尿才剛開始噴，轟！「哇㖸！好響！」烏龜嘟囔道，半泡尿都嚇縮了回去，急急跑回儲藏室。

阿了的龜頭倒是找到了，但兩顆懶蛋炸得不知去向，龜頭接上也沒用，而且送到醫院，還沒進手術室，失血過多，翹蛋了。

搞出這個名堂，烏龜軍校也不必去了。

延伸閱讀

《一個無政府主義者的意外死亡》

義大利諾貝爾文學獎得主達利歐．弗作品，一樁案中案所引發的案外案，極盡黑色幽默之嘲諷。

冬至

蝸牛殼

村子裡多少有些空地，包括日據時代興建，後來廢棄了的一些建物，還有牆垣、房頂的，堪能遮風避雨，難免成為「自然寄居」。

「八街市場」背後的蝸牛殼螺旋狀小聚落，就是這麼形成的。那兒，原來大概是日本人的倉庫，只有「ㄇ」字型三邊。起先，是三三兩兩的阿兵哥，出營區公務，不想太早回營，在這兒抽菸、閒磕牙。接著，是固定的老士官，三五成群，喝酒打牌。又有，是民國四十二年以前，奉軍令不准結婚、但奉天命有了孩子的、無法律保障的家庭，在此立命安身。

那些單身的、流離的、掛不上軍籍的、非住在村裡不可得，後來得到一個「就地合法」的救命令符。按照在倉庫區的多年「擺放」習慣，編門牌，由於其中一端剛好挨著三三一號，於是，整個院子就編為三三一之一、之二、之三……居然一直編到之二十三！並且，按照多年來的習慣，管這一院子，就叫「蝸牛殼」。

眷村住戶的特徵，原是軍職人員的眷屬，或軍方機構文職人員家屬。偏偏這蝸牛殼裡的人們，要麼是脫離軍隊的、要麼是毫無關聯的，卻也奧妙地勾上關係，住在眷村裡了。最初因「自然」原因出生的孩子們，也都成了合法「婚生」的眷村子弟。

總部政戰官在眷管處官僚陪伴下，特別來視察實地狀況。那政戰官是個瘦長個子，卻不顯高，是因為駝背，頸子前伸，尖鼻梁上架著厚厚的鏡片，說了好幾遍：「很臭。」聲音緩慢嘶啞，配著長相，還活像禿鷹！如此，他說「臭」，是基於嫌惡？還是喜歡？

里幹事不知是因何興起？透過廣播系統，宣布政戰官走前轉達的話：「眷管處命令，為關心眷戶，新任總司令將來村視察。抵達影劇六村時，將選擇『蝸牛殼』為訪視重點區域，請各眷戶注意環境維護。」「蝸牛殼」的村民，極重視這等眷顧，都動起來，至全村四處搜羅，凡木料、玻璃、鐵皮、竹竿都要，置換原本年久朽壞的紙板、銹鐵、腐木。

下坡有位翁中校，管著一批過期的綠油漆，索性搬了來，「蝸牛殼」的孩子們花了一整個下午，「彩繪」自己的家園。可惜只有單色，完工以後，看不出原本畫了什麼？

為了營造幸福狀況，家家戶戶把桌椅排放到戶外，煮了餃子、切了滷菜、戰地特選高粱酒、蔣公華誕祝壽酒、杯杯盤盤地，接力擺了一院子。排演了節目，有人唱戲、有人唱歌、有人變戲法、有人說相聲，都是「不經意」地路過，要表現出人人歡樂、夜夜笙歌的生活。里幹事驗收、眷管處驗收、政戰官驗收。搞得菜全涼了、湯全冷了、餃子全乾了。總司令？到頭來並沒有出現。

政戰官說了鬼話、眷管處傳了鬼令、里幹事鬼迷心竅、害得「蝸牛殼」枯等鬼影。那總司令是什麼？「鬼」他本人？

延伸閱讀

《那一夜，我們說相聲》

賴聲川、李立群、李國修的集體即興創作，「表演工作坊」創團作品。是相聲精緻藝術化，及臺灣劇場經營事業化的開山立碑之作。

尋找柳子逸

由於不曉得「柳子逸」的年齡，不能排除可能是個少年，因此，熱心的冉媽媽陪著漂髮少女來問大聖爺。冉媽媽老練地將筊杯合十在雙掌中，咕咕噥噥唸唸有詞。漂成一頭白髮的妙齡少女，則是有樣學樣地合十，直望著神龕。

冉媽媽的先生在小蔣過世的那年也走了，講閩南話的她，一人守著眷村小房，領著半俸，專管村子內外閒雜事務，加上改建的風聲不斷，陸續有人遷出，像冉媽媽這樣在村裡住了超過半個世紀的人，所剩無幾，自然成為耆老、遺老。她非常自信，凡村中鄰居，甚至包括關係人物，沒有她說不上來的。

「這個神像好怪喲，他是誰呀？」少女口沒遮攔地問道。冉媽媽驚訝望向少女：「大聖爺呀！神明百百款，年輕人總該認識孫悟空的呀？」

村外圍著幾個傳統埤塘聚落，土地爺、觀音媽自有人拜，最意想不到的，是一座格局完整的「齊天宮」：拜齊天大聖的。雖是小說虛構人物，但五百年來傳奇深植人心，人們相信，孫大聖的火眼金睛，能幫忙協尋失蹤兒童，且調皮、本事大的美猴王，可以鎮壓「猴囝仔」。大概也是因為眷村的皮孩子太多了。

「周星馳演的？」少女望著神像，甲冑、飄帶、火焰、祥雲，幾款魔幻不自然的著色，不帶情緒地說：「電影角色也拿來拜喲？有用喲？」「妳再對著大聖爺說一遍，他叫什麼名字？」冉媽媽快速打斷，以免冒犯的言語越說越多。

「柳子逸。」「男生？」「可能是，但也可能是女生。」

冉媽媽頓了一頓，問：「男生女生都不知道？」少女說：「而且，名字也是諧音，也有可能是裘子立或游子意。」

冉媽媽想，自己這麼大年紀了，管了一輩子閒事，居然也有活見鬼的一天。

她不想這麼快承認，多管了這檔事。「有一個人，在找一個人，大家都在幫著找這個人。據說其中一個人有了線索，後來的人就開始找這個姓柳的（或是姓裘的、姓游的）。至於為什麼要找？誰也不知道。」冉媽媽七十多歲，整理思緒卻極有邏輯，就教少女。她點抖了一下白髮，「嗯」了一聲，似是表示同意。

「我看要不要把妳的名字、生辰八字告訴大聖爺，讓他幫幫妳吧！」冉媽媽倒不是幽默，是有點不耐煩了。

「我也不知道為什麼要找這個人，但據說，找到就知道為什麼了。他握有一個線索，一旦公諸於世，所有人就都能一次知道真相。」少女眼神堅定。

聽她講得這麼認真，冉媽媽也開始懷疑自己的記憶。恐怕真有那麼一段時候，有那麼幾位在村裡住過的鄰居，確實是自己不認識的？

延伸閱讀

《暗戀桃花源》

二十世紀末，賴聲川規劃主導完成的集體即興創作。兩個作品在重疊的時段擠進同一個舞台，意外化合成一齣傷感浪漫、癲狂笑鬧兼具的悲喜劇。

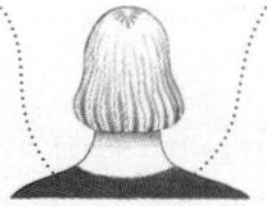

捨不得

管志強回到家裡，坐立難安。

不是因為陌生，這趟將近三年沒回家，屋裡的擺設卻幾乎絲毫未動，像是長在原處。也不是因為家裡亂，快過年了，經年累積的生活軌跡，各種原本可坐的椅子、凳子，甚至也有沙發，都堆滿了衣物。

老媽哭了一鼻子，是因為兩年多沒見到兒子，兒子也哭，是因為呼應老媽。

坐立難安，是因為剛才給老爸上香。一進門，不孝的兒子趕緊來到老爸的遺照前叩頭，老爸剛走了一年，兒子收到電報的時候，船在南極圈，船長敦厚慈祥，也無法送小船員回鄉奔喪。

晚回家的兒子，三跪九叩，給爸爸陪罪。想起那年，爸爸收到河南老家輾轉送來的信，得知父母俱已謝世，伏地痛哭的情狀，在小院裡設了素果香案，帶著妻兒，遙拜家鄉，也是三跪九叩。管志強那時還是兒童，對不曾見過的爺爺奶奶，絲毫感受不到思念。

船在橫濱靠港，管志強買了兩顆富士大蘋果，藏在肩包底層，回到臺灣過海關的時候，拉鍊拉開就聞到香味了。檢察員吸了吸鼻子，沒說話。管志強自己說：「給老媽媽帶的日本蘋果。」檢察員眼睛瞇了一下，沒吭聲。到家，掏出蘋果，老媽可捨不得！立刻洗淨、擦亮，恭恭敬敬地，先供老爺。管志強取出兩年前在美國買的紅夾克、墨綠色雷朋飛官太陽眼鏡，也供在靈前。看著照片裡的爸爸，幾乎沒穿過的那套老西裝，土土的紅領帶，很不真實。

把行李搬進內屋，忙活一陣，也和老媽隔牆說著話。忽看見香爐裡線香歪了一根兒，趕緊去扶正……老爸的照片不對？怎麼換了一張穿紅夾克的？管志強直覺要找，果然！新買回來的夾克、墨鏡哩？剛剛還放在供桌上的呀？他問道：「媽，給爸買的夾克，妳收了呀？」媽說：「我沒動呀。」

所以，也就不必問照片是不是換過了，哪有隨便換靈位遺照的？管志強細細檢看照片，那眼角、嘴角、下巴的角度，第一次發覺，自己果然長得像爸爸。

他來到廚房，陪媽媽說話。媽媽正在把餡兒捲進白菜葉裡，要做兒子從小最喜歡的「熬白菜」。管志強有心事，裡外踱步，坐立難安。

船員，並不是他真正的志向，只是年輕、有體力，跑船嘛，可以長見識，可以多賺錢，代價卻是離家萬里。想想，終於有錢可以買兩樣父母喜歡的小東西，卻應驗了那句「樹欲靜」，不勝唏噓！想到此處，不禁又走回靈前。再一次看到照片，管志強淚崩，同時大笑出聲。

騷包的老爸，把墨鏡也戴上了。

延伸閱讀

《寶島一村》

王偉忠口述故事，賴聲川規劃完成的集體創作劇本。記錄二戰後最特殊的生活聚落「眷村」，人心、人情的點點滴滴。是歷久不衰、經常上演的劇目。

一個人的江山

張家和李家也不說話了，不僅是大人彼此間不打招呼，孩子們也不一塊兒玩。這是繼白、孟、周、莊幾家後，這條巷子又加入「不來往」主義的兩家，再搞下去，整條巷子的人，就互不相認了。

哀婆婆和苑奶奶是幾十年的老姊妹，這個狀況看在眼裡，很是擔憂。「老鄰居了，都不講話怎麼好？」「遠親不如近鄰，村子好，好的就是鄰居。」

兩位老人家心思很一致。太陽雖大，倒有點兒風，兩個灰髮老人擠在一個門樓子下，掩著門，拉高了領子揣著手，站著聊，卻不進屋，彷彿這麼這才有隨性的調調。

「當初是為什麼？」哀婆婆問。苑奶奶還真知道：「張家一直說自家是上海人，跟李家特別親。」哀婆婆說：「李家的的確確是上海人呀。」她說「的的確確」的時候還故意說成「滴滴蔻蔻」，以上海腔來強調。「但是。」苑奶奶話鋒一轉：「最近說溜嘴了，張家是逃難的時候住在上海，他們根本是江北人。」哀婆婆道：「哎呀！江北不也是江蘇嘛！一樣的嘛！」

「我的老大姊呀！說得對呀！」苑奶奶道：「一個村子，三百家人，是多少省分來的？又各屬多少鄉里村寨？一家家分，大家只好閉門不出、各不往來，最後穩坐一個人的江山。村子好，好在萬姓一家。」「說得太對了，老妹子。」哀婆婆道：「我死老頭姓『哀』，妳們家老爺姓『苑』，都不是大戶人家，幸虧我們兩家親近，就算十分『哀苑』，也是一起『哀苑』。」哀婆婆還故意使了幽默。

苑奶奶往哀婆婆又湊近了些，說：「饒舌鬼作祟。」「什麼？」哀婆婆想要確定自己沒聽錯。「饒舌鬼。」苑奶奶加強語氣：「每隔二、三十年，大家生活穩定了，有心思，想要聽點別人家的閒事，饒舌鬼就會登場。或者在街頭，或者在家戶之間，又或者利用報紙、廣播，傳遞荒唐訊息，引發大家話題，小題大做。您回想一下，這幾十年來的大事，哪一樁在開始的時候，不是芝麻綠豆的小事？」

風小了些，苑奶奶靠得太近，口臭有點熏到哀婆婆。「別這麼親熱，老妹子，一會兒給人看到，還以為咱們怎麼了。」「別老呀老的，我這才剛七十呢。」苑奶奶道。哀婆婆說：「誰先開始的？我也就大妳兩歲，還比妳晚出嫁，怎麼就『老』大姊了？」「哎呀老大姊，這不是尊敬您嘛！」「還老？叫妳不說老，妳故意說呀？」哀婆婆說著，往後退一步，「哐」地一聲甩上門。「幹什麼！」苑奶奶大喊：「摔我們家門幹什麼！」

「搞錯了嘛！同一次叫人來做的，都一個樣，我還以為是我家哩！」咚咚咚，哀婆婆碎步走回斜對面自己家，又「哐」地一聲甩上了她家的門。

她倆，也不說話了。

延伸閱讀

《東廠僅一位》

馮翊綱創作的喜劇。假設在明朝滅亡後，東廠持續而祕密存在著，僅僅只有一位廠公，刻板死硬地堅持生存方式，藉以諷刺時政。

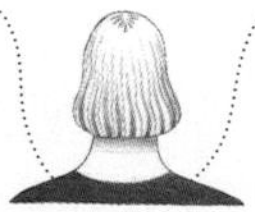

摸屁股

「誰摸我屁股！」大德兒喝斥。兩手同時揮舞，拍向左右屁股。

倒不是因為他的「德兒」有多大，只因為名字裡帶著「德」字，朋友口中，就成了「大德兒」，有這款渾號的男子，村裡總有幾個。

約了朋友回村子喝酒。這兩年，各村陸續在拆，影劇六村的人大部分都散了，剩下少數幾家開店的，撐著店面，削點銀。也有人根本是來吃豆腐，原本跟眷村毫無關聯，卻在這時打起旗號，賣「眷村菜」。

這家酸菜白肉鍋便是。若問起老鄰居，他是何時在這兒賣起鍋子的？沒人說得上來。但，又上哪兒去問誰呢？大德兒不是影劇六村人，只是聽人說過此地種種，帶了兩個棒槌一道，肉、菜沒吃兩口，高粱已經搬完一

瓶，有點搬高了。

問了公共廁所的方向，顛顛躂躂地獨自前往。感覺上只拐了一個彎就到了，水泥大房殼，走進去……哇！最近有人來彩繪過呀！一長排的廁間，或被敷裹、或被噴塗、或被刷點，顏色、線條、人物、車船，占滿了每一寸牆、柱、角、縫。更不可理解的是，居然飄出陣陣嬉鬧聲，男男女女……

大德兒頑心躍起，想著：「好呀！名不虛傳，這村子的廁所果真是出色的熱鬧！」他仗著自己住過幾天眷村，深諳「夜不閉戶」的風格，家家戶戶的門，隨推隨開，張嘴叫人，都能有求必應。於是，看到門就推開，每扇門都被他推得呼搧呼搧，順口喊道：「怎麼了？都有人呀？每間都有人呀？」

被他一攪，原本歡愉的嬉鬧聲戛然而止，每扇門裡走出了幾個人，或冠帶、或袍袖、或朝方，斂起面容，待等大德兒的切口。哪知，此人搬穿了，理智完全斷線，直述：「看屁呀！我要撇大條！」

眾人大呼「貴人」！紛紛上前呈報名號，自稱「魏國使臣」、「蜀國使臣」、「吳國使臣」。大德兒忽然心頭大亮，歡呼道：「這麼有哏呀！配得剛剛好哩！魏蜀吳哩！」三個侍女為他除了褲子，三個力士端來鋪著圓型軟墊的金桶、上面架著扶手靠背，三位身著華服的「使臣」，扶貴人坐下。大家取出了彩球、飄帶、羽扇，圍著貴人熱鬧起舞。

「貴人」還問哩：「屎塵？什麼屎塵？拉出的屎，化做了灰塵？哎！幹什麼？服侍歸服侍，不要亂摸我屁股！」

天快亮的時候他被酒友們找到，在早已廢棄的公共廁所裡，脫了褲子、光著屁股，端坐在一個座席漏空的椅架子上，掛大念！完全睡著。拉了一地的稀大便，滿屁股滿腿，被蚊子、臭蟲、跳蚤……以及其他不知名的蟲子咬滿了紅腫的包。

延伸閱讀

《戰國廁》

馮翊綱仿相聲對話模式創作的喜劇。表面上描述一個虛構的眷村生活，實則以荒謬、戲謔的態度，反諷古代中國王朝的興衰。

綠豆丸子

邴爺賣饅頭。不是「餅」爺嗎？幹嘛不賣餅呢？人家姓著一個不常見的姓氏。邴爺推著巨大的腳踏車，貨架上穩穩綑著一個木頭箱子，漆成白色，箱蓋打開，裡面鋪蓋著厚厚的棉被，以保溫度。黃白黃白的饅頭，三角形的豆沙包。

邴爺岔樣兒，每隔幾天，突然一天不賣饅頭，賣綠豆丸子。可受歡迎了！油炸的小丸子，裡面摻風乾的碎饅頭，口感特別鬆彈。買回家做湯、醬炒都適合，小朋友特愛抓了直接吃，綠豆泥混著打碎的蔥、蒜、香菜，比五香乖乖還耐嚼。

邴爺車頭掛著樣貌不凡的大銅鈴，比起學校下課搖的手鈴要瘦長些，鈴舌也長，是木頭的，搖出聲響偏悶，不是「叮噹叮噹」，而有點類似「咕咚咕咚」。有人問過，邴爺說那是祖傳留下，從老家帶出來的，叫「木鐸」。

邴爺在大榕樹下支穩了車，取下木鐸，拆下鈴舌，搗搗裡頭、敲敲外頭，發出一連串「空隆咚哐、哐咕隆咚、隆咚隆咚哐」的節拍，活像是快書藝人那般，扯開搡子，大唱：「綠豆……丸……子……」又是一陣鐸響，人們的興致也被敲高了，有那竊語的：「好會喲，賣個綠豆丸子也搗弄。」邴爺沒聽見那風涼話，開唱了。

（隆咚隆咚哐！）

莫入朱門……不羨青樓……

邀飲青竹酒……相對笑白頭……

（隆咚隆咚哐！）

兄弟親……父母親……
世間難得朋友心……羊角哀捨命全交情……
故友一去難再逢……俞伯牙摔琴謝知音……
（隆咚隆咚哐！）
男歡女愛實平常……誰不豔羨女紅妝……
情郎肚腸有別樣……徒然空自把心傷……
金玉奴棒打薄情郎……杜十娘怒沉百寶箱……
（隆咚隆咚哐！）

這麼一唱，經過的人自然聚集過來。聽了痛快喝彩之外，不忘買上一袋。沒買的，既然願意聽上一段，就是捧場，邴爺奉送，都能白吃幾顆新鮮的綠豆丸子。

都說邴爺唱得好，該上電視表演，有人建議為他報名，參加《五燈獎》，也有人說不妥：「面對每一集的挑戰者，來來回回唱的都是同一段，怎麼撐到五度五關？」

延伸閱讀

《賣橘子的》

馮翊綱創作的喜劇。從劉伯溫名篇〈賣柑者言〉獲得靈感，通過將古典散文、小說篇章段落的拆解再造，對當世人們的學習態度進行諷喻。

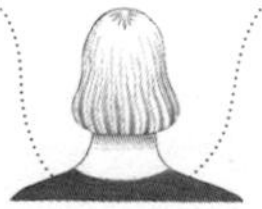

座上賓

在國外吃一家飯館兒，那是一家「無菜單料理」，這家飯館兒的老闆就是主廚，針對每一位食客設計菜單，每天只有三個席位，沒有預訂，根本進不去。也是湊巧，有人取消訂位，我遞補了。

三張桌子，各擺好一把椅子，一橫排，我坐在中間。左邊，坐著一個瘦乾巴的老頭兒。右邊，是一個肥滋滋的胖子，鼻頭油光光。在這兒吃飯，不准自己動手，客人的兩手都綑在椅子扶手上，每桌派一個小姑娘，由她來餵你吃。

上菜，我的面前，擺了滿滿一桌，有紅燒肉、糖醋魚、炸排骨、醬牛肉、蒸螃蟹、老鴨湯，以及一壺燙好的白酒。

突然，胖子大喊一聲：「我要喫茶！」可是他身邊的小姑娘像沒聽到似地，一聲不吭。左邊的小姑娘問瘦老頭：「叫什麼名字？」瘦老頭像是沒聽懂：「啊？」「叫什麼名字？」「我？叫什麼名字？」小姑娘端起飯盆兒，說：「吃飯了。」老頭說：「我不要吃飯。」「你不吃飯，老婆就不接你回家！」「我不要仇家。」「什麼仇家？回家！你好好吃飯，老婆給你買獎品。」「我不要羊皮！」

我瞧瞧站在身旁的小姑娘，用眼神指了指紅燒肉。小姑娘從大碗裡夾起一根切好的小黃瓜條，問：「叫什麼名字？」我說了，她把黃瓜放進我嘴裡。嚼了嚼，三兩下就嚥下去了。又用眼神指了指蒸螃蟹。小姑娘又夾了一根黃瓜條，問：「叫什麼名字？」我又說了，她把黃瓜又塞進我嘴裡。

就在這個時候，胖子突然大喊：「我要喫茶！」他身旁的小姑娘用平緩的語氣問：「叫什麼名字？」「我要喫茶！」「問你叫什麼名字？」「我要喫茶！」「這不是你的名字。」「我口乾，我要喫茶！」「把嘴閉上就不乾了。」

想想，我也有點口乾，就看了看酒壺。身旁的小姑娘端起一個杯子，問：「叫什麼名字？」我說了，水杯湊上嘴，一喝，是白開水？「我要喫茶！」「我不要吃飯。」「我要喫茶！」「我不要回去。」「我要喫茶！」「我不要打官司了。肯定打不贏了。請了最有名的大律師，沒用，肯定打不贏了。」

再試最後一次，堅定地看著紅燒肉，小姑娘還是同樣一句「叫什麼名字？」我說了，她餵一口黃瓜條。緩慢咀嚼著，好像有一點懂了？「我要喫茶！」這句無意義的話反覆出現著：「來人哪！來個人哪！有沒有人哪！綁架！我要喫茶！你們不給我喫茶，我要大便啦！」人到了這個境地，居然變得這麼卑微。我看著身旁的小姑娘，她手裡的黃瓜，她問了最後一次：「叫什麼名字？」然後把我解開，自己端著大碗吃黃瓜。吃完了，獲准離席。

往外走的時候，還聽見瘦老頭在說：「不回去了，我媽媽來了。」胖子還在大喊：「我大便啦！」

延伸閱讀

《快了快了》

馮翊綱創作的黑色幽默喜劇。三個客死異鄉的幽魂，在荒野上的對話。劇本原始素材集結成小說集《影劇六村有鬼》，以及本書《影劇六村活見鬼》。

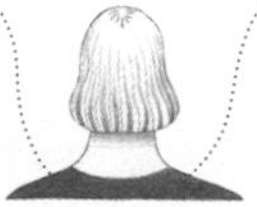

【退場亮相】

大江大海的浪跡中，我們的先人，落入凡塵。原本不平凡的身分、不平凡的家世、不平凡的來歷、不平凡的祖傳祕方，都帶到了眷村。

在眷村出生的孩子們，每一個都是平凡的出身、平凡的血統、平凡的傻氣、平凡的活著，身旁充滿著平凡的關愛。如果說這樣的環境，給了孩子們什麼訓誡？應是：無私扶持、相濡以沫、四海一家。

其中有一些人，有不平凡的際遇，造就不平凡的氣度，開創不平凡的人生，大官、大盜、大哥、大俠、大師……都是時空賜予的機緣。

還有比過著平凡幸福的人生，更能顯耀先人的嗎？

作家作品集80

影劇六村活見鬼

作　　者—馮翊綱
封面暨內頁插畫—曾湘玲
主　　編—李麗玲
責任企劃—金多誠
封面設計—江孟達工作室
內頁設計—優秀視覺設計、黃寶琴
內頁排版—極翔企業有限公司

總 編 輯—曾文娟
發 行 人—趙政岷
出 版 者—時報文化出版企業股份有限公司
一〇八〇三台北市和平西路三段二四〇號七樓
發行專線—（〇二）二三〇六—六八四二
讀者服務專線—〇八〇〇—二三一—七〇五
（〇二）二三〇四—七一〇三
讀者服務傳真—（〇二）二三〇四—六八五八
郵撥—一九三四四七二四時報文化出版公司
信箱—台北郵政七九～九九信箱
時報悅讀網—http://www.readingtimes.com.tw
電子郵件信箱—ctliving@readingtimes.com.tw
時報出版臉書—https://www.facebook.com/readingtimes.fans
法律顧問—理律法律事務所　陳長文律師、李念祖律師
印　　刷—勁達印刷有限公司
初版一刷—二〇一八年一月二十六日
定　　價—新台幣三〇〇元

時報文化出版公司成立於一九七五年，
一九九九年股票上櫃公開發行，二〇〇八年脫離中時集團非屬旺中，
以「尊重智慧與創意的文化事業」為信念。

影劇六村活見鬼 / 馮翊綱著. -- 初版. -- 臺北市 : 時報文化, 2018.02
面； 公分. --（作家作品集 ; 80）

ISBN 978-957-13-7298-3（平裝）

857.63　　106025490

ISBN 978-957-13-7298-3
Printed in Taiwan